葛水平 著

文匯出版社

图书在版编目(CIP)数据

一丈红 / 葛水平著. —上海：文汇出版社，2017.8

ISBN 978-7-5496-2242-9

Ⅰ. ①一… Ⅱ. ①葛… Ⅲ. ①中篇小说-小说集-中国-当代②短篇小说-小说集-中国-当代 Ⅳ. ①I247.7

中国版本图书馆 CIP 数据核字(2017)第 172187 号

一丈红

著　　者 / 葛水平
责任编辑 / 熊　勇
出版策划 / 力扬文化

出版发行 / 文匯出版社
上海市威海路 755 号
(邮政编码 200041)
印刷装订 / 保定市铭泰达印刷有限公司
版　　次 / 2017 年 8 月第 1 版
印　　次 / 2021 年 1 月第 2 次印刷
开　　本 / 880×1230　1/32
字　　数 / 160 千
印　　张 / 8

ISBN 978-7-5496-2242-9
定　　价 / 68.00 元

葛水平，出生于山西省沁水县山神凹。中国作家协会会员，一级作家，享受国务院特殊津贴专家。创作过戏剧、诗歌、散文、电视剧本。出版有小说集：《喊山》《守望》《陷入大漠的月亮》《地气》《所有的想念都因了夜晚》《葛水平小说自选集》《官煤》。代表作品：《甩鞭》获《北京文学》2004年度当代中国文学最新排行榜，获《中篇小说选刊》2006年度优秀小说奖；《地气》《黑雪球》《连翘》《比风来得早》连续四年获中国小说学会中国小说排行榜；《比风来得早》获2007年《上海文学》特等奖。《喊山》获2005年度“人民文学奖”、《小说选刊》奖、第四届鲁迅文学奖。电视剧本《盘龙卧虎高山顶》。有作品被翻译为英、法、德、日、蒙文。

Yi Zhang Hong

目录

一丈红

《钟馗嫁妹》　葛水平作

1.山神凹

早年间，山神凹有一种凄艳之美，四围山腰子上各色植物火一般地燃烧，凹里熟透了的果实挂在老树的枝头，下学的娃娃们在树下使出吃奶的劲摇啊摇，望着树梢上的果实，每一张撒娇的脸都显出一副苦相，我望你，你望我，很是无奈，果实还没有成熟时他们就想下力气糟害。山神凹围着石碾一溜儿晒太阳的老者，每人耳朵根子上夹着一支劣质香烟，那支香烟舍不得抽，扭转掉转做了脸上的装饰。嘴里叼着旱烟锅子嘶一口，明灭之间，瞅着一群学生娃骂，间歇东家长西家短，听来的闲话让皱起的鼻腔发出空洞的笑声。

日头晒着，一群娃娃在他们的骂声中从他们身前走过，恍惚走过的是他们的童年。

九十年代末期山神凹有二百多户人，凹南凹北有一条长流河，河叫山神凹河。河水一年四季拱卫、搂抱着凹里人，凹里人便如婴儿一般做着香甜的梦。山神凹之所以叫山神凹，因为村庄的山头上有一座山神庙，后遭匪患毁弃。清朝时四乡八里人年节都来山神庙烧香，能看见山神凹河，如婴儿尿曲里拐弯出了山。

烧香人站在山头上笑话山神凹河廋，哪知没有多少年，山外的大河连呜咽的劲都没有时，山神凹河还瘦瘦地在河道里流。

2.柳三胖和小翠

春天过去了，山神凹街道上不时出现一些黄白相间的斑点狗，风吹得它们的毛发晃动不止，行人很少的街道上它们深深呼吸，感受着时光流逝。它们拖长的身子投在寂寞的土墙上，阒无人声的云朵占据着天空，笼罩了整个村庄。树枝泛青，在令人不适的冷清中，不知道是阴霾的空气中出现了幻影，还是就走着一个人。无端的狗叫了起来。有小孩子指着那个幻影说：柳三胖回来了。

柳三胖作为山神凹一个成年人，似乎是柳氏家族的一个问题。柳三胖长得瘦高，瓦刀脸，细眼睛，厚嘴唇，白亮的光影下五官显得极其不协调，但是，柳三胖一说话牵动着错愕的五官，看的人会觉得三胖也有生动时。

柳三胖年近三十岁了，他常常满怀惊异地想：一个人的变化，会不会过段时间就变回去啊？如果一个人能够不去想，或者说绕道而行多好。从二十岁起，柳三胖就开始莫名其妙的妒忌生活，包括一些不适应，但变化确实很大，一个个同龄的山神凹人都出山落户并成家了，他还停留在原地。最恐怖的事，要清楚地认识自己目前所处的状态并有能力改变它，这可不是柳三胖能做到的。不过有一点倒是越来越明白：人生并不是一件很严重的事情，至少没有别人说的那样严重，用不着摆出一副比人低下的样子来。某些时候，柳三胖自觉不自觉望一下闪过的女子，原本亚黑的脸膛突兀多出一层惊喜，对着人家迎面走过来的脸吹几声口哨，人家骂一声“挨刀鬼”，眼睛望着别处，深情得叫柳三胖突然有一种早孕反应般无助。一个人变成两个人就那么重要吗？界限原来不甚分明，走着走着一个人变成两个人就分明重要了。

山神凹的人多认为柳三胖结婚已经很困难了。十五岁丧母，父亲又是一只眼睛，到老又患了腰疾，就一个叔，两个人还和仇人似的。

山神凹人越来越纠正着往前走的生活，女人选择自己的婚姻好像早有结论，并且目标一致：往山外嫁，嫁个有房有工作有车的人，决不留在山神凹熬。山外人不傻，更没有人愿意嫁入山沟里。

山神凹人见了柳三胖，表面上显得很热情，一说话就扯到介绍对象上，常常拿柳三胖调侃，原本就不把他当作正经人看待，调侃过后没有下文，柳三胖知道山神凹人当他说笑话。笑话就一定要拿柳三胖来开心，柳三胖真是痛恨自己不能即刻改变命运。无法重来的选择，只能眼睁睁看着柳条泛青，小草吐芽。时间久了柳三胖被生活弄得学会了调解自己，并且明白生活只能选择其中的一种：好还是坏。什么是好？什么是坏？柳三胖都弄不明白，弄不明白也就无所谓，两手插在裤口袋，跟碰面的人照样打招呼，但是真正停下脚步、满腔热忱地要和对方交流时并不多。看到人家停下手中家什搭讪着将要和他说啥话时，柳三胖就恍然想起要做的事，他找人家的话茬儿，又把人家的话茬儿掐断，年月久了，山神凹人都知道柳三胖是一个虚头巴脑的人了。

太阳温暖，这日子过的让柳三胖常常想流泪，太阳底下的事呀，为啥偏偏柳三胖就不被人瞩目？长期被忽略的柳三胖，唯一被人瞩目的一次是因为凹里的留守女人小翠。

黄昏，夕照在凹里停留的时间很短，模模糊糊的远山，像剪出的人形，袒胸露臂。似乎是月亮也潜伏在某个袒胸露臂的人影间，就这样仰头看着天空，以往总觉得黄昏都是一样的，夕照把瓦屋的形状扯出多边形，慢慢的又把瓦屋拉直了，黄昏突然越陷越深，甚至听到了陷进大地时的吭哧声。瓦屋顶，围墙，有驴叫了两嗓子。天空的月亮，云朵一样，怎么是云朵呢？那大片的云反倒镶嵌了金边，一条白道道划出一根线，是飞机飞过时留下的影子。柳三胖看痴了，不知不觉就停在了小翠门前。小翠正好弯下腰系鞋带，两腿中间倒着的那张脸看到柳三胖时，发现那张脸有意思。

小翠说，你的嘴像你叔，你们柳家人都长了一张枣肠嘴。

在正常的情形下，这是一句玩笑话，很容易忽略。可此时柳三胖看见小翠，下滑的衣裳处露出半截子白腰，白腰下是一只大大的藏青蓝屁股，再往下是一张白脸，月亮一样朦胧，和当下他看到的黄昏极其相似。嘴里吐出一句话时，那张脸倏忽一下就闪没了。直起腰的小翠，以一副挑衅的姿态站着，黄昏衬托出她脸上瓷样的光晕，她的眼睛、嘴巴、鼻子、嘴唇、下巴，似乎都在微笑，女人的一点点鼓励，真是叫柳三胖舒服呀。更有意思的是小翠的右手拽着一角衣裳的襟子，同时左手频繁伸进肚子抓着什么，硬生生给了柳三胖一个诱惑。柳三胖狠闭了一下眼，睁开，断然地说：

小翠，我此刻好想睡你一觉。

小翠身后，红色碎花门帘晃了一下，一张老脸露出来。那张脸和柳三胖极其相似，只是一圈浓密的络腮胡遮挡了那张枣肠嘴。那张毛发丛生的枣肠嘴里吐出一句话：王八蛋挨刀鬼，你是闲得蛋疼，你还想做啥捏？

柳三胖一下笑了，突然无比激动。紧接着又夹杂着一丝难过，一定有一种冥冥的东西存在，为什么此刻黄昏的黑就收在了那张脸上？柳三胖又有了无端的羞怯，眼前的那个人实在叫他绝望得很。

柳三胖迅速转过身，天气不算太冷，天空暗淡，没有了夕照，走得急，出气也粗。身后小翠的笑比他的气息更剧烈。

咯咯咯咯，哎吆娘，叔侄俩，一个模样，都是床上没女人闹饥荒的人！

柳三胖尚未彻底清醒，走到无人处，心里有不快，无处发泄，一脚踢在树下的狗肚子上，被凌辱的狗跳起来呜咽着，讨好地看着柳三胖。紧接着一脚又飞上去，这下狗有防备，一脚踢空的踉跄惹恼了柳三胖。他没有去撵狗，而是抬手给了自己一个巴掌。一片空虚的落寞紧紧缠绕着柳三胖，乏味透顶了。那个叫柳平安的瞎眼货在小翠的屋子里呢，他叫瞎眼货柳平安叔，瞎眼货柳平安和小翠，小翠的汉子在外打工，瞎眼货柳平安和小翠组织了临时家庭。

柳三胖父亲柳平喜和柳平安有半辈子的恩怨。柳三胖仿佛听到了小翠的床上传来放荡的笑声，细听又不是。他不知所措，仓惶地看着四下，只瞬间，比痉挛还要悲凉的黑就降临了。

不着边际的怀想让柳三胖的脑袋开始膨胀，不时膨胀出一种尖锐的力量：瞎眼货柳平安，你算个什么东西！

当然，柳三胖很快就调整了自己的心态，这个没有任何收获徒劳的黄昏，他找不到可以安慰自己的理由。天继续黑着，柳三胖回到屋子里坐在黑中开始拉二胡，月明在天色青幕中穿行，屋子里的锅碗瓢盆，屋子里的箱柜板凳，它们如同哑子，挤挤挨挨站着，不作声。拉着拉着心里一阵难过，就落下了泪，这恼人的夜为什么总是要黑下来呢。

也许天一亮柳三胖又没事了，悠闲地里出外进，脖子下挂着自制的二胡，见了鸡了狗了猪了驴了惊扰一下。也许走过小翠的门前有人没人，柳三胖都要拉两句，只要屋里没有人，小翠就撩开帘子给柳三胖一个笑脸，但是，从今天到明天的天亮开始，柳三胖知道：小翠那笑脸可不是一块糖。

3.柳平安和爱红

柳平安和柳三胖属于一个祖先，但柳平安不像农村人，虽然只有一只眼。他的目光、举止和说话的口气是城里人特有的，也能说是叫一种气质。

早年里，柳平安因为小时候哥哥领着他和一群小孩子们调皮捣蛋玩耍，哥哥和他们打群架，结果误伤了自己的弟弟，造成了柳平安成了一只眼，屋子里的长辈就不想让他留在山神凹种田。最早跟着凹里的人出山打铁，也算是学了一门手艺。那年月农民种地，农具吃香，摊铺开在公路边河西村街道旁一间破屋子里。柳平安是学徒，又因为一只眼，只能提小锤。日复一日，在师傅的大锤间隙富于节律地敲打着，锄头、镰刀便这样慢慢得来了。有一年河西公社过会，卡车拉来了县剧团，舞台搭在河西公社的院子里，剧团装台需要几个铁环，有人就找到了铁匠铺。

铁匠铺里柳平安拉着风箱，炉火通红，铁在火炉里烧成红色，再被投入水中，“呲”一下，青烟散尽。剧团来人说要打几个七寸铁环，柳平安光着膀子站在风箱前开始交易。那年月公社看戏凭票，柳平安双手交叉搭在臂膀上说，打一个铁环看一场戏。剧团里的人说，贵。柳平安不说话了，夹起一块由红变青的粗铁扔进火炉里。结果是柳平安用七个铁环做交易看了七场戏。七场戏看下来改变了柳平安的命运。剧团团长看上了柳平安一身强健的体格，约他跟着剧团打临工。犹豫不决时他被师傅叫回铁匠铺骂了一顿。赶会期间买农具的人多，柳平安放下生活去看戏，这对铁匠铺的收入是最大的损失。柳平安把自己被师傅骂了的事情告诉了剧团团长，这事起了逆转作用。团长要柳平安下决心走。柳平安心里隐隐地，秘而不宣地有些舍不得背井离乡，可内心深处一份与生俱来的虚荣，在柳平安的心理初萌，抽丝剥茧般的难过后，虚荣占了上风，他决定跟着剧团走。

剧团等级森严，一开始柳平安在剧团装台，偶尔缺人了他顶替一下跑龙套，一段时间下来，晚上熄灯前，试图在脑海里回放离开山神凹的日子有什么好？突然发现一日一日的装台卸台，是一件无趣的事情。演员看不起他，乐队看不起他，电工看不起他，多数日子，都芜杂散漫，缺东少尾，说是剧团里的人，总脱不开寒伧粗陋，演员上台前的水杯叫他拿着，人家踩着锣鼓家伙走台步，他小快步跑往下场口等着递水杯。日子越来越轮廓分明，女演员对他开始指手画脚。就这样活着，钟点不过是分秒的延伸，接下来哪有出头之日。每每想到这些令自己感到挫败的事情，他就想离开剧团。

这时候，剧团跑龙套的女演员爱红父亲韩有堂出面了。爱红是韩有堂的独生女，在剧团跑龙套，因为爱红五音不全不能张口唱戏。韩有堂在剧团拉二胡，偶而剧团拉头把的生病或有别的事情，他也顶替一下拉头把。韩有堂给了柳平安一个条件，如果他愿意做韩家的上门女婿就教他学拉二胡。柳平安想到用七个铁环换了七场戏的结果，居然有这么多的好事降临自己身上，一时觉得自己真是走了狗屎运。活成一个人，想把日子过好真是一件不容易的事，可好运来了，想把日子过坏也是一件不容易的事情。

总归是不努力不能出人头地，一辈子在剧团装台，老了咋办？静下来认真想了此事，假如在山神凹种地，到老都和山神凹老死在田里的人没什么两样，假如打铁，一辈子起起伏伏敲打一疙瘩铁，这种笨重而又枯燥的劳作能为他换来什么样的日子？在县城的街道上，不管站在何处都是和山神凹不一样的，何况自己还是残疾人。找到这么些安慰自己的理由后，人就变得勤快了，尤其对待韩家父女。

那个时代的乡下人眼睛里，男子做人家的上门女婿是一件失尊严的事情，可反过来想，柳平安还有啥的尊严可失？这样反倒给柳家省了一份家产，指不定柳平喜的嘴都要笑歪呢。

爱红对柳平安是充满诱惑的，可以说，站在一个成长中的男人角度，很多发生的事情都是充满诱惑的。

独生女爱红面对自己的婚姻她没有多余的选择，显然她喜欢的并不是柳平安。她喜欢的是剧团里唱小生的那个叫王刚的演员。她和王刚有过孟浪之事，只是王刚的岁数比她父亲还大。那个满脸皱纹，身体虚胖而且泛着油彩味道的小生，她站在他身边时，她觉得她应该用年轻水灵的面庞来熨帖这个身上写满故事的男人的心。爱红惊天动地的举措，其实是把自己带进了一个无休无止的，感情的债务和生活的惩罚中。一个年老的男人抵挡不住年轻身体的诱惑，又被这种诱惑拖扯得又憔悴又疲惫。

老话说没有不透风的墙。墙一旦透风跑气，危难四处，墙没有害人的本意，但是，闲言要穿墙，碎语要淹人。爱红的父亲降格选婿的理由也就是因为爱红的选择。

韩有堂要出手阻止此事，但一直苦于无法下手。王刚是剧团里的主演，是团长的赚钱工具，主要演员拿技术吃饭，犯下任何错误都不能叫错误，只能叫个人私情。机会来了，有一天拉头把的演员有事请假了，韩有堂替代。和往常一样，锣鼓家伙一响戏就开了。结果是王刚上台演出时，韩有堂的头把就高了一个调，唱者累，高音无法尖上去，台下的观众往台上扔砖头，戏被砸了场子。

王刚下场时夺过爱红父亲的二胡折成两截扔在了台下。一台戏，头顶还是全蓝的天，唱到中途，天空已经满目积云。风穿墙而来，台上台下的都看见了，两个老男人从下场口打上舞台，幕布急急拉上，锣鼓家伙响起，都是为了掩饰观众的听觉。爱红在后台无措地站着，突然的从什么地方找到一把小刀，那把小刀来不及犹豫就划开了自已的手腕。到了眼下，她才明白，生命由自己珍惜才尊贵。

柳平安第一个上前去抱住她，爱红一身丫环装束，水红衣裤，绿腰带散乱在地上，腕上的血口子顺着指尖往下滴血，上了妆的脸上看不到羞耻。她突然的哭出了声，前台安静下来，爱红父亲跑过来抱住爱红，那个男人快速从人群中穿过去，他甚至连头都没回。

爱红并没有割断筋脉，只是伤了一点皮肉，瞬间，她闻到了王刚闪过身时腋下散发出来的汗酸味。她想起和他撒娇时的样子，一张老脸，激动时显得非常苦相，她拥抱他，吻他，然后要他化妆，皱纹被油彩填满，在彩妆后面，那张苦相的脸不见了。她开始入戏，和王刚做爱，一个从来没有唱过主演的女演员，她要和主演同台了，她不是丫环，龙套，也不是衙役，她和主演彼此入戏彼此对唱彼此爱抚，她扮演的是舞台上的青衣旦角儿。

爱红感觉那汗酸味远了，仿佛一切不存在，没有丝缕留下。为什么人生要入戏这么深呢？最要命的是，抱着她的柳平安身上也有一股汗酸味，穿过鼻腔直抵肺腑，可惜柳平安不是那个反复和爱红一起出现在舞台暗处对唱的那个人。爱红不能掩饰自己的激动，她轻轻盘了腿，双手揽住柳平安的脖子，将鼻子凑近了，闻他的味道，尤不解馋，将整个身体都贴近柳平安的怀抱，突然激动无比，爱红开始惆怅难遣，腔子里一句婉转袅娜的戏文吊出来："郎君啊，来来来，有缘人再相逢，我与你一生一世一双人。"

爱红花痴了。

承诺下的婚姻不能不履行，凤凰飞舞，喜鹊登门。柳家人哪里知道发生的这些事情，虽然儿子当了闺女养叫外人笑话了，能学得一门手艺养家糊口，也是赚了，对此也就睁眼闭眼了了此事。

学艺期间用柳平安后来的话说，他拉二胡指头功夫是有来头的，那是冬练三九，夏练三伏啊，徒弟要跟着师傅练茶水功。五根指头蜻蜓点水似的在茶水上飞快地拍打，不能停一拍，不能溢出半滴，这样刻苦练出的手指在二胡的蚕丝弦上才能练成风的脊背，才能轻柔鲜活而又张力饱满。

生活中的苦他从来不说。其实人家爱红的肚子里已经有了王刚的骨血，柳平安只是赢了一个虚名。柳平安入赘韩家后改姓韩。对柳平安来说，叫韩平安是一件极度被人嘲笑的事，不敢见家乡人，凡下乡演出见了乡人，血都会腾地一下呼呼往脑门上涌。日子过下来就成了一块心病，抽烟、喝酒、闹事，莫名其妙的难过，有些时候接着几分酒意还动手打爱红，打过铁的人动手打人，下手不知轻重，反反复复，韩有堂就提出了离婚，并要赶他离开剧团。

乡村生活贫瘠、困顿、匮乏。结婚离婚不是儿戏，都是一个异想天开的重大事情，搁在每一个有血缘关系的人脸上，不是简单的结束和开始，应该是和民间道德勾连得很紧。韩有堂要赶韩平安走，两口子闹离婚的事情在小县城搞得沸沸扬扬，大都认为是韩平安不对，韩家养虎为患，给你家，给你人，给你手艺，给你儿子，最后成了白眼狼，敢动手打人了。

韩平安百口莫辩，屋子里一个花痴，每到夜晚杀戏后回家，爱红都要韩平安化妆，爱红亲自动手，画一张小生脸，才叫他上床睡。上床还要对戏，韩平安哪里唱得来戏。日子仿佛戴着面具，有无尽的忧伤说不出口。人嘴里生毒，韩平安没有办法在剧团里待了，一场婚姻的开始改变了柳平安的命运，让他叫了韩平安。叫了韩平安的柳平安并没有拾起尊严，一场婚姻的结束好似一场淋漓的大雨浇醒了柳姓儿男的尊严。离就离，带着手艺回山神凹姓我的“柳”姓去。

幸福，祥云一样在山神凹柳姓族人的脸上洇开，他们尽情期待着生活中的主角归来。韩平安在一个黄昏趾高气扬地以柳平安的身份回到了山神凹。回乡见到的第一个人便是柳三胖。柳三胖诚惶诚恐地迎上去喊了一声“叔”。

都长这么大了？以后叔教你拉二胡。

这是柳三胖生命转折发出的最鲜明的信号，心中不禁一阵紧缩，觉得二叔倍感亲切。这一年柳三胖十五岁，因为母亲常年有病，读书耽搁了，一再留级，他在山神凹小学念书是四年级。

归乡的柳平安不想出山了，好名声和坏名声一样传播得很快，归乡就是带着面子回来了。后半生的帷幕拉开前，他要成立一个说唱队，也就是农村的“八音会”，走乡串村，赚个零花钱。当时，社会对私营还没有放开，集体生活限制了他的理想，政治挂帅的年代，人人都绷着一根弦，柳平安想组织“八音会”吹打热闹的事被村级干部阻止并耽搁了。他和生产队的人一起上下地赚工分，闲暇时给山神凹人拉二胡逗乐，心里始终藏着一个美好的开端。

生活的压力也是一种无形的重量，重打锣鼓重开戏，柳平安要用一个亮堂的开篇，也是值得自已无怨无悔的对柳姓后辈炫耀的开篇。

4.生产队的马尾巴惹下了事

山神凹地头村街上常见柳平安拉二胡，身后跟着趿拉着破鞋的柳三胖，一大一小叔侄俩走出山神凹，走往对面的山头上。柳平安指着远处叫柳三胖看：

看见没有，那地方，看，那地方是大地方。

柳三胖一脸疑惑。远处啥都没有，绵延着山头。

柳平安说：你可太差劲了，难道读书把眼睛都读瞎了。

远方延延绵绵的山脉起伏隆起，在阳光照耀下一直向远方铺过去。柳三胖还没有出过山，不明白叔说的话，但是，站立在山头上，一种激动人心的崇高感就从这样的眺望中诞生了，他觉得世界真大，大得能把胸口的闷气呼出去。

一条蛇在远处蠕动，柳平安大步迈上前一脚踩住蛇头，蛇迅疾缠绕住他的腿，柳平安一下一下从小腿上绕下蛇身子，提起蛇尾巴抖了两下，蛇就瘫痪了。

柳平安提着蛇说，用肛门上的皮做二胡好，这条蛇不够粗，等找下够粗的蛇给你做一把。你跟我学二胡，将来做个手艺人。

迟疑了一下又觉得手艺人没用，学了手艺就不想下地种田了。

又说，二胡的声音叫你不好受，也许还会改变了你的性子。

对柳三胖来讲，这些话真是一个未曾想过的崭新的世界。看着柳平安手里的蛇，心房在疾速地搏着，伸手去轻轻地摸一下蛇皮，迅速弹回来，害怕蛇活回来，以复杂的感情、诧异的双眼，看着柳平安，又窥视蛇，充满了冒险、麻痒的快感。

柳平安说，蛇提着尾巴处抖，骨节就断开了，不怕，拿着。

柳三胖说，叔是要吓死我呢。

柳平安说，它和女人一样叫你痒。你见哪个女人吓死男人了？

飞过来的蛇挂在柳三胖脖子上，柳三胖大叫一声跌坐在了地上。柳平安笑话柳三胖的出息，同时又埋怨一个夏天都打不到一条能够做二胡的蛇，而且上好的琴筒也难找到，找来的竹节都细。还有马尾巴，现在他用的是尼龙丝，音色不正。

蛇血在山神凹的周围散发着恶臭，蛇皮花花绿绿如扯着的绳子挂满了柳家人的柴垛。女人和小孩走过捂着鼻子，手脚发麻，毛发根根直竖，女人发狠背地里喊柳平安“活阎王”。但凡活在人世间，凡生活就有矛盾，凡交往就有磕绊，山神凹大人们开始讨厌柳平安，尤其是看到那些柴草上晒下的蛇皮，真是令凹里人烦不胜烦。柳三胖却无所谓，常常看见叔照旧打蛇的样子，见人照旧粗嚎着嗓子说话的样子，拉完二胡照旧讲瞎子阿炳卖艺时悠然自得的情景，觉得叔有一种说不出的神秘感，尤其是一只眼睛闭着，一只眼亮汪汪，就想用心跟着柳平安学拉二胡。

自从学拉二胡开始，柳三胖就不想读书了。柳平安的从前就成了他的一个神话，也是柳三胖想经历的神话。可时代不一样了，不读书走不出山外，只能一辈子当农民。当农民住在山沟里，外面的女子不可能嫁进来，柳三胖就有可能学他叔入赘山外的多女娃人家当上门女婿，可柳三胖妈妈就生了柳三胖一个儿，临死安顿说，穷死不能叫柳三胖入赘女家。一辈人里有一个叫人笑话的男儿，不能辈辈叫人笑话。

柳平喜从心里不希望自己唯一的儿子学二胡，认为是服务戏子的生活，学会拉二胡的人容易变得惆怅。

某一个日子的午后，父子俩有一次对话。

我就是想学一门手艺。

那也配叫手艺？

柳三胖突然抬头看柳平喜。那张脸上带着不满，有些邋遢、没有刮干净的胡须，塌陷下去的腮帮，张开枣肠嘴吹着气：呼！

你和我叔长得很像。

我们是一个奶穗子叼大的一奶同胞。

那为啥，他叫我学二胡，你就不叫。还以为你们不是一个奶穗叼大的一奶同胞呢。

巴掌“呱唧”就上来了。

让你读书喝墨水，你读书喝了粪水了，敢拿一奶同胞反击我？

柳三胖癔症了一下抬脚就往阁楼上爬。往阁楼上爬的原因是因为柳平喜患病，不是肚子里的病，是坐骨神经痛，连带着走路都不利索。柳三胖如果当下跑出屋门，躲了初一，躲不过十五，迟早得挨一次打，久病的人心态不健康，见不得柳三胖顶嘴，顶嘴就挨打，等着挨打也许下手还轻点，跑，气怄重了打起来了不得。烂事不外扬，只有不离开家捂住事才算是给柳平喜面子了，因此，一打柳三胖，柳三胖就往楼上跑。

那时山神凹或许可以被称作快乐的村庄，但并不是所有人都感到了快乐，其实快乐就近在咫尺，在人生每个转弯时刻都会不经意地碰到它，就像柳三胖在家里的阁楼上找到了半截竹筒。那不是一般的竹筒，是早些年社会上有钱人家的一个放毛笔的笔筒，上面还雕着人物花鸟，可惜柳三胖不知道。社会把人们对传统认识的美好彻底破坏了，又因为那些年喇叭里常广播，凡是过去的都是旧东西，凡是旧东西都是社会的敌人，应该彻底消灭掉。等柳平喜不在家时柳三胖怀揣着笔筒离开家，跑到山神凹后沟圈羊的土窑内，把笔筒藏起来。他要给二叔一个惊喜。甚至要给二叔一个更大的惊喜。激动有点冲昏了柳三胖的头，他把村庄唯一的生产队的老马的尾巴剪光了。谁也不知道马的尾巴是马用来掌握奔跑时的平衡，一个令人吃惊的事实是，山神凹人认为这件事是柳平安干的。

季节进入秋天，柳三胖不敢轻易拿着东西给二叔，常找机会待在二叔屋子里学手艺。时机没有找下，就见生产队队长常忠宝牵着马来到了柳平安的院子里。

人和马还在路上，话先进屋子来了。

常忠宝说：柳平安，你干下的好事。

柳平安说：啥好事轮得到我？

常忠宝说：你手痒痒了，不说你是反革命破坏分子，山高皇帝远，这高帽就不给你戴了，马尾巴没了，马掌握不了平衡，你赔一匹马给生产队，这马归你。

柳平安说：平白无故我拿啥赔你？

常忠宝说：既然都做了，那就拿胆量赔。敢做敢为。

柳平安说：吓，谁证明马尾巴是我剪了？

常忠宝说：你做二胡，你整天念叨马尾巴琴弓，山神凹就你是个人才。

柳平安说：常忠宝队长是抬杠哩。我是人才不假，可我不是养马的人才。赔小队一匹马，拿啥东西赔？我还真愿意养着这马。问题是马尾巴不是我剪的。

柳平安扭头问三胖：你知道是谁剪的？

柳三胖摇着脑袋不敢说话，但是意思让他们明白了，这事，他不知道。

大哥柳平喜弯着腰走进来，大声吼着："马不能养!"

他见不得有人欺负柳姓，当知道是关于马尾巴的事情时，他很认真的问弟弟和儿子是谁剪的？都说没有。柳平喜认为既然都说没有那就是真没有，谁剪叫谁断子绝孙，坚决不养马。

那些年的乡下有一些有趣的事情，每户人家都有生猪养售任务，每户人家都给公家养一头肥猪。养猪任务是国家规定下来的任务，庄户人家养猪，无权处置，必须养成了猪再送往公社的生猪收购站，由那里的人称了斤两，验了等级，然后放进公家的圈里。柳平安户口才回到山神凹，还没有来得及下任务就发生了这等事情。生产队的马一直是一个叫常耀英的光棍养着，最近人家找下媳妇了。养生产队的马还有一项任务，出山配种，这在乡下是一件丢人的事情。马尾巴被剪，常耀英娶妻，新娘子认为是有人笑话常耀英，常耀英一气之下把马送给了生产队长常忠宝，让常忠宝找剪马尾巴做琴弓的人养。

柳平安百口莫辩，看着拴在树上的马，毕竟见过世面，觉得也是好事，要钱没有，养马你就放下。等于养了一个劳力，有什么不好。柳平喜极力反对，柳平安开始唱反调，想着童年时哥哥打自己戳瞎了一只眼睛，心里不痛快，就说，养马是我的事情。

山神凹的牲口，公社都登记备了案，公社追加责任人需要填表，柳平喜的心肠软了一下，觉得对不起弟弟，就让生产队写成了自己。哪知道这么一写每次出山配种，一人一马都得对号，这件事情就算是柳平喜的事情了。一年中到了马发情的季节柳平喜牵着马出山配种，行进在绿荫蔽天的山神凹山路上，都觉得柳平喜当哥哥，就算从前有什么过节，这事情，明眼人心头都会漫上一丝难过和激动。

柳三胖把剪马尾巴的事压在心里，怕事情败露了，那样柳平喜会打他半死给山神凹人看，甚至会打死他，拿人命和马事来抵消名声。

年复一年，柳平安想不出是谁要栽赃陷害他，每家每户想，想遍了没有找出对手，因为没有人会把主意打到马尾巴上，那东西除非做琴弓。总觉得是常耀英找下个借口害自己，就把常耀英当作了自己的敌人。

5.柳平安经历了一次露水夫妻

山神凹人口多，还有学校，周边自然村的孩子们上学来山神凹小学。学校七十年代修建，三间房扩建成了五间，五间大的屋子隔出一间做教师宿舍，剩下四间做教室。四间屋里长条桌凳上坐得满满的学生，甚是热闹。秋冬季节的傍晚，放学的学生们在村外山脚下小路上常常会听见响起几声二胡的弦乐声。抬头望去，极目处，会看见一个黑瘦高寡的人腰际拴着一条缰绳牵着马，胸口上挂着二胡，夕阳的余晖照着他的影子和胸前闪亮的二胡。学生们看见了会很兴奋地叫喊：

柳三胖，你叔放马回来啦！

黄昏是山神凹最热闹的时候，翠色的山崖和远岭，村庄上空氤氲的炊烟，柳平安是出山和懂音乐的人切磋技艺去了，学了手艺的人看不上种地人，每天就这样挂着二胡吊儿郎当出山找人探讨音乐。柳平安在学校门前的条石上盘腿坐下来，解下二胡很专心地揉弦，他很想给学校开一门二胡课，将来成立八音会好有徒弟。柳平安黑干细长的手指来回滑动，二胡声就在山神凹上空仙雾般缭绕开来。学生们知道柳平安拉的是《二泉映月》，并且知道这是道家音乐人阿炳的杰作，而阿炳又是一个瞎子。拉完二胡的柳平安开始给学生们讲阿炳，都已经是烂熟于心的故事了，可每一次讲似乎都有新意。讲到阿炳身世坎坷处，柳平安讲道家始祖老子的《道德经》“万物负阴而抱阳，冲气以为和”，说《易经》中的“一阴一阳之谓道”都在二胡的弦乐中。在琴弦的内外、音乐的高低、力度的强调、揉吟的疾涩、速度的快慢中，体现阴阳之“道”，乐人之“心”，炎凉之“世”。学生们听的是云里雾里，眼看得天黑下来，山外的学生不敢耽搁要回家，教书的王老师吼着柳平安，说他不正干，拿尖声浪气的东西误人子弟。

柳平安就用二胡声拉出：学生娃快回家，各人回家找各妈。

一群围着的学生“轰”就散了。

当年在学校教书的老师两年一换，乡下有秋假，秋天收完庄稼后，生产队要柳平安用马车去山外驮新来的老师。柳平安备了草料赶着马车背着二胡出山去拉人，到了山外才知道是一位女老师。收拾好要拉的家什开始上路，走了一村又一村，一路上女老师几乎没有和柳平安说话。收获后的秋天大地一片安静，有风携带着烟云缥缈而过，马儿一旦撂开蹄脚奔走，马就不能够掌握平衡了，车上的家什和女老师颠儿颠儿的晃荡。泥土路，路面坑洼不平，进山了，陡，弯多，急。马车行驶中特别像喝醉酒一样，摇来晃去，颠簸得厉害。女老师的体质弱，胃娇气，尤其发现马尾巴没挂毛时更敏感，因为马没有尾巴毛，挡不住屁股发出来的腥膻味儿，太厉害的颠簸和太冲的腥膻味儿搞得女老师很不舒服。她在马车上不停调换方向，满目青山一时无法分散她的注意力，胃部的痉挛和疼痛依旧不能缓解，终于憋不住了，高喊一声：停车。

来不及“吁”，女老师胃中的秽物便一口喷了出去。

柳平安勒紧缰绳停下马车想叫女老师下车走两步，车上的女老师用手绢捂着嘴摆手要柳平安快走。柳平安心里不免有些惴惴不安，拉着缰绳不敢叫马走快了。不敢说话，又觉得自己是贱骨头，想做些什么事情分解一下女老师的难受，发现女老师一路上从没有正眼看自己一下。他自己看了一下自己的装束，上身一件发暗的腈纶蓝秋衣，袖口撕烂了，他用打火机烧了一圈，半挽在胳膊上。一条黑布裤，裤扣掉了一颗，还有一颗剩下半边了，全凭它扣在扣眼里护着前门，脚上一双解放球鞋，鞋带子不是原配，赤脚，脚脖子处发暗。什么时候他变成这样一个人了？

马车走上山顶，柳平安的胃突然不舒服了。不敢想自己的光景。风刮着女老师的头发往后飞，她用手拢了一下头发，似乎山上的风让她舒服了一些，她突然就说要下车走走。柳平安勒住缰绳招呼她下车，下了车的女老师照直走到了马车前边。这下柳平安看见了女老师的背影，她挺起了胸脯，高抬起屁股往前走，脚上穿一双方口布鞋，一条浅蓝料子裤，因用力往前走，屁股分明地凸显了出来。小屁股绷成了两瓣瓣蒜。柳平安的脸像谁抽了一鞭子似的难过地笑了。他不能控制自己，从背上取过二胡，扯下布套子，坐在车帮上，就着胯骨头开始拉。女老师突然回过了头看他，那一张气喘吁叮的脸真是春波如潮啊。柳平安血压开始升高，明显感觉一颗心扑通扑通直往嗓子眼里撞。

柳平安拉的是《望星空》，女老师放慢了脚步，跟着哼唱，一首曲子拉完，女老师显得很兴奋，等着马车近到身边抓住车辕一下就跳上了车帮。女老师激动地问：

你叫什么名字？

柳平安。

我叫张玉棉，你叫我张老师。

张老师好。

你还会拉什么曲子？

多啦。《江河水》《二泉映月》。还会拉戏。你会唱啥我就会拉啥。

想不到山神凹还有你这样的人才。你以后给学生拉二胡教他们唱歌，算是替我上音乐课。

柳平安听了这句话，没有激动反倒一点欲望的期盼也不敢，对自己产生了根本性的质疑，甚至怀疑自己在做梦。他这一辈子学了手艺，不仅没有抬高身价，反倒被山神凹人小瞧，家没有成下，日子过得一贫如洗。许多问题在他心里绞缠着，闹腾着，找不到头绪。他为自己的破陋而羞愧而烦躁，先前思来想去不得要领的事情似乎一下子全解决了：这社会就是男人和女人碰撞的社会。他很想说说自己内心的苦，想说说这么多年来就想成立一个“八音会”，就想耍锣鼓家伙，因为公家不支持，屋子里又没有人，光棍做久了，经常外出和人切磋手艺，居然忘了自己还是一个有手艺的人。

张老师是老师，念书多了等于是见过大世面，见过世面的人内心都藏着诱惑，刚才，在他骨子里肺腑里其实已经被张老师这句话诱惑了。

新学期开始了，小学生在学校院子里排队，一个跟着一个地报名，张老师站在教室门口翻阅着什么，头也不抬，一边问一些基本情况，一边在本子上飞快地记着，轮到柳三胖了，张老师问：

你和柳平安是什么关系？

不知道。

你叫柳平安啥？

叔。

你和柳平安是叔侄关系。

不知道。

叔侄关系你不知道啊？

不知道。书本上没有，老师没教。

家长也愚笨。下一个。

柳三胖开始不安。有一种来自被嘲笑的感觉。情绪开始弥漫，我和柳平安什么关系？什么关系管你屁事啊。学校院边上，有阳光照不到的地方有些潮湿，看着潮湿就想尿。手里拿着新学期发下的新书，崭新的书页在他的手指底下翻过，发出如同马尾巴试弦却并不明亮的声音。柳三胖脑海里反复想那匹马的尾巴，它被剪秃后如蛇一样挂在它的水门上，有飞虻嗅着腥膻飞过来，马尾巴来回晃荡着，马觉察了，没有披挂的尾巴起不到刷扫功能，马不停抬着屁股左掉又扭，柳三胖哈哈大笑着。

想着笑着柳三胖跑到学校院子边角处掏出鸡鸡就尿，他的脑海里反反复复出现马屁股扭捏的意向。

张老师看见后说：柳三胖，你神经不正常吗？你已经是五年级学生了，十几岁的人，怎么不知羞耻能够到处大小便，你傻笑的样子，你真给你叔丢人！

柳三胖认为这句话伤害了他的自尊心，这事和叔柳平安有啥关系？

山神凹因为来了一位女老师一下就热闹了，尤其是柳平安，人也精神了，张老师给他一礼拜安排了两节音乐课，都安排在下午。只要是音乐课张老师就领着他和学生们到对面的山头上学唱当下的流行歌。每一次唱得最起劲的是张老师，羊肠小路铺展在眼前，无遮拦也仿佛无尽头，歌声千回百转，柳平安不时纠正她的音准，张老师唱到深情处顾不上学生了，学生们被放了羊，山上成了他们两个人的世界。

秋天，日头短，来不及照就落山了，张老师唱得不尽兴，学生们玩得也不尽兴。其他村庄的学生要回家，张老师不得不宣布下山。

下山的路一拐接着一拐，柳平安伸手拉着张老师的手，张老师一边意犹未尽唱着，一边虚弱地东倒西歪，又不时对下山路充满表情上的抱怨。柳三胖觉得二叔兴奋得有些过头了，不时借着羊肠小路的艰难拉张老师的手，有几次拉着的手不想丢，两人的眼睛还对视一下。

突然一阵子蟋蟀声，只见柳平安支棱着耳朵听了一下，他弹簧般跳到前方弯腰捡起什么，轮圆了臂膀“嗖”地一甩手，一条青蛇在空中划了一个黑弧飞到了远处。张老师吓得脸儿煞白站着不动，哼唱也被吓唬断了。张老师眼巴巴看着前方不动，心里慌着迈不开步，谁知柳平安二话没有说上前一蹲一弓腰把张老师背在了脊背上，然后叫柳三胖招呼学生跟在自己的身后往山下走。

这个动作本身就惹下了闲话，更有意思的事情还在后头呢。

秋天很快就过去了，山风涌动，树叶乱飞，天说冷就冷了。学校生了火炉，木格子窗户上，桑皮纸被吹得“呜呜”响。张老师坐在教学课桌前拿着红笔判作业。青砖火炉缭绕着淡淡的暖气，半明半暗的光线下，张老师兀自轻轻摇晃着自己的身子。一会儿手伸到火炉上正反两面烤一下，氤氲的热气温暖着她时，她似乎是想起了什么，笑了一下，想一会儿，然后低下头判作业，张老师的背柔和地弯着，脑后的头发寂寞地垂着。这时候学校的门轻轻被推开了，进来的是柳平安，他手里取着一个包裹，张老师站起来，柳平安不说话把包裹打开，搪瓷茶缸里装着什么，打开盖子，一股肉香四下蹿开，是山鸡肉。两个人好像早有默契，张老师兴奋地站起来拿筷子，柳平安从口袋里拿出一小壶酒，学生的作业收起来搁置在一边，两个人开始坐下一边端壶抿一口，一边小声唱着什么，指关节还敲着课桌。

这一幕被柳三胖看见了，他贴在张老师卧室的窗玻璃前，正好有个斜角可看见教室里的两个人。教室里的两个人却看不到有人偷窥。柳三胖自从被张老师批评是神经病后，就开始琢磨张老师的日常生活，一举一动，每一次琢磨都莫名其妙的高兴，就按捺不住要走到学校门前最隐蔽的地方偷看。他是第一次看见柳平安进了教室还拿着酒。接下来发生的事情是那么平常、那么迅速，以至于柳三胖事后什么也不敢去想，而每一次想太阳穴处的血管都会剧烈的跳动。

天黑下来的时候张老师站起来拉灯，却发现停电了，她从什么地方摸出一支蜡烛点亮，然后插在一个空着的酒瓶口子上。灰暗的烛光下，张老师的脸显得天真无邪、更加娇弱，两腮发红，不停咬着嘴唇，突然的张老师抓住了柳平安的手，把脸埋到他的胸脯上，久久不动。柳平安半张着那张枣肠嘴，轻声唤着张老师的名字。

在这个舒适的教室里有某种既让人高兴又让人不安的东西。柳三胖听到有板凳响了一下，有书本掉在地上的声音，那些声音都让柳三胖感觉到不安，他的脸颊开始发烧，他不明白为什么发烧，他整个人看着屋子里发愣，顾不得向周围左顾右盼，他一下觉得他的脸皮被什么人剥下来了，疼痛，滚烫。

柳平安突然抱起张老师，抱进里屋，居然连窗户上偷窥的人脸都没有看见。张老师半裸着身子坐在床上，柳平安跪在地上，一口一口吸吮她的乳房，张老师精巧的鼻子翻着鼻孔朝上仰着，柳平安变换了一个动作，吸吮一下乳房又吸吮一下她的嘴唇。柳平安还有一些更下流的动作，这些动作农村人不用，都是柳平安跟爱红学来的，现在全用在了张老师身上。两个人突然的着了魔似的互相把对方的衣裳扒光，赤精着的身体发出白瓷缸一样的光。

外屋的蜡烛突然燃灭了，木头床吱吱呀呀的声音传出来。

一切都是黑，柳三胖紧挨着窗户上冰凉的窗台石，他惶惑觉得屋子里两个人纠缠在一起的身体是如此耀眼而生动，但是，黑把他与周围的世界隔开了，他再都想不出什么了。屋子里的声音让他很不舒服，他讨厌柳平安，甚至也讨厌张老师。突然的听到他父亲呼唤他的喊声：

三胖，你野哪里了？快回家来！

三胖，回家来挡鸡窝。

柳三胖不想挡鸡窝，也不想应声。

三胖，狼吃了你吗？

柳三胖被什么鼓舞了，大声答应：

爸，我在听张老师的窗户，这就回家！

屋子里的两个人一动不动了。张老师的鼻尖上出了一片细密的小汗珠，头皮一紧，好像那汗珠妨碍了她什么，她皱了一下眉头，推了一下柳平安说，外头站着狼呢，你快走。

柳平安三下五除二穿上衣裳推门走出教室，人在黑暗中环视，他知道柳三胖也在什么地方站着环视。就这样对峙着，柳平安想：柳三胖这个畜生，一辈子别想让我教他学艺！

张老师站在窗户下望着屋外黑实了的寂静，难以抑制自己的情感，她开始流泪了。她做下的事情是不道德的，可她身体里揣着一只兔子，她需要抚慰，虽然他不喜欢柳平安，可相对条件下柳平安是她最好的选择，因为柳平安会拉二胡，就这么简单也就这么矛盾。

命运安排她来到山神凹并遇到了柳平安，一场奇怪而又矛盾的邂逅，是什么让她心动呢？她借着酒劲回忆，一定是二胡的弦乐声感染了她。此时，她仿佛又听见了二胡的弦乐声，果然是，是柳平安在黑夜的屋子里拉。是告诉她，他回到了自己的屋子。有时寂寞会让人的心灵承受折磨，她哭了，深夜怎么会这么黑呢？嘈杂的树叶，杂草，不知名的鸟飞过，风起了，不停地旋转，旋转着写满了她过往的日子。二胡的弦乐再一次盈满了她的耳鼓，她往火里填了煤，蓝色的火苗舔着黑色的夜，她看着火苗轻声的唱，唱着唱着就睡着了。

第二天，日头好高了，有人从学校抬出了张老师，她昨夜中了煤烟死了。事情发生得蹊跷，柳三胖站在人群中想着昨夜的事情，有一种惨烈的痛，秤砣一样搁在他心里。

人群里有人说：张老师光着身子，真是应了一句老话，生不带来，死不带走啊。

柳三胖知道张老师的衣服是柳平安扯下了，他就为了爬在张老师身体上满足他自己的流氓行为。对了，一定是柳平安害死了张老师。

柳三胖挤出看热闹的人群，他寻找着柳平安。一个熟悉的影子蹲在路边上一棵桃树下哭泣，他，柳平安大把抓着自己脸上的泪甩在地上。柳三胖停下了脚步，有些慌悚不安。柳平安站起来想一把抓住柳三胖，柳三胖躲了一下，感觉柳平安也在找他。仇恨一来就没法控制了，柳平安到底抓住了柳三胖，宽大而充满烟草味道的手掌举起时却照着他自己的脸打了上去。柳三胖被弄得目瞪口呆，流着泪就这样看着柳平安一下一下打自己的脸，脸红得和枣肠似的，分不清嘴脸颜色。柳三胖内心的疼一下爆发了，他大叫了一声趁机挣脱柳平安的手跑了。

柳三胖跑进藏马尾巴的羊窑，暗黑的窑掌深处，似乎此时只有黑暗可以掩饰他内心的疼痛。脚下的羊粪蛋发出刺鼻难闻的味道，他看到门口的亮挤进来，某种东西让他发抖，又使他的脸开始炽热，他小声叫着张老师。他蹲下开始哭，觉得自己特别委屈，他的破坏欲来自于无端的羞怯，他恨柳平安，也恨他自己。

张老师老实巴交的丈夫从山外赶过来，没有多余的话，只求山神凹生产队用车把她送回山外的家。

柳平安赶着马车拉着张老师和她的丈夫往山外走，土路崎岖不平，一路上走得闷，风吹着马脖子上的鬃毛，淡栗色的鬃毛一耸一耸的，他由不得想起了秋天拉张老师进山。又想起来那天夜里的热情，做梦一样，什么都没有了。但此刻的头脑却很清醒，他突然怀疑马尾巴是柳三胖剪掉了，他的家族中这个侄子将来一定是他的对手，所有的事情发生时，他都在，一切又似乎都是为了二胡的弦乐声。他茫然地看着捂得很严实的车上人，阴阳相隔，他的胸前还残留着她的体温，可眼前的这个人已经不能叫人了。如果能够吹打一场八音会就好了，也好最后送她一场热闹。是啊，八音会，就是这个死去的人跟他说：

一定要让你学下的手艺走个正途。

柳平安取过背上准备好的二胡，跌坐在车帮上，由着马走，他开始拉《望星空》。绝望的弦乐铺开了，走过一村，分散在村外的人和牲畜都脚步匆匆朝四面八方走去，有停下脚步来看的人，当知道拉的是一个死人时，有人就一定要马车停下来，他们要让音乐冲淡走过村庄的鬼气。

柳平安扯着二胡的弓，头仰了老高，这样才能宽慰自己。凄凉的弦乐高出云端，风声卷着灌入人们的耳鼓，看的人居然流下了眼泪。他是一个活着的人，没有人知道他拉着的二胡弦乐是给死人听的，那个不能坐起来或站起来的人，他在她身体上是下过死力气啊！

张老师的汉子不知，一路上只顾得流泪，死者不回。从此，在土挖的坟墓下，只有她一个人了。来年的清明屋顶上会长出青草，只是她已经望不见星空了。

6.古董贩子唤醒了柳平安的理想

山神凹的学校因为死过人，外村的孩子不来上学了，山神凹有亲戚在山外的就说合着把孩子送到了山外的村庄去读书。山神凹的学校空着，没有人进去，生产队没用的东西都放进去做了仓库。凡是走过的人都要看一眼，毕竟死过人，还是赤身裸体的死了。夜黑的时候大人小孩没人敢去，就连路过也都紧张得三步并两步走快了。

柳三胖不读书了，他爸柳平喜这时候娶了沟里一户死了汉子的寡妇，寡妇一来就进入了当柳三胖妈的角色。寡妇认为，柳家坟脑上没有长那根草，读书读到后来也改变不了种地的命运，不如让柳三胖学一门手艺。学啥手艺呢？应该去山外跟人学木匠。柳三胖想学二胡，柳平喜认为二胡性格里有一些暗疾，只适合于山野，独处，很不适合人群中的喧哗。学会了拉二胡，人就凄凉了，不光是曲子拉得凄凉，人的命也凄凉，瞅你二叔，心强命不强，人生下场不好，都五十岁的人了，光杆一个，下种下得早没有见最后有收成。学木匠好，人间生老病死，一路走来都离不开木工活计。

柳三胖不想学木匠，哪怕学吹唢呐也行，只要和音乐沾边。人间凡事天性里大都喜欢热闹，吹吹打打，过年过节，跑旱船，耍高跷，锣鼓家伙中唢呐仰脖子一吹，那是天崩地裂。

柳平喜不容许柳三胖所学和音乐沾边，音乐不是啥好东西还霍乱人的性子。手艺要和日子连在一起，比如木匠、石匠、泥瓦匠，说什么都能绕开过节时那热闹，穿衣吃饭手艺应该走的是家常路。

柳三胖不想学木匠，就想拉二胡。对抗的时间中，人就闲在家里，无事了就自己瞎拉，也不去找柳平安。

柳平喜骂不动了，腰弯得更低，更不要说打人，举手都困难。穷家无贵子，山外的女娃没人考虑凹里人，柳平喜也无能力落户山外，这样的日子里柳三胖连媳妇都难找下，不学一门技术活，人真要长荒了。凹里的人因为孩子念书一些人开始考虑出山，不打算出山的人皆因为几亩地舍不下怕荒掉。

有一天山神凹来了一位骑嘉陵收古玩的人，凹里的人都走出家门听收古玩的人说话。收古玩的人举着小喇叭吼：

山神凹的人放下手头活，竖起耳朵听听我说啥。谁家里有旧东西，拿出来看看，谁家里长期放那些旧东西，对家里人可不好啦，因为旧东西都沾染了死去人身体上的毛病，鸿运低的人家里闹鬼，鸿运高的人家里虽然平安，但是，命运不顺畅。

柳平喜想起了楼上的一节竹子，那是当年打土豪分田地爷爷拿回家的。扭头喊柳三胖回楼上去找。柳三胖听说竹筒能卖钱拔腿就往藏着的窑洞里跑，不一会儿拿来给了柳平喜，柳平喜随手递给古玩贩子，要他看看值多俩钱。古玩贩子从笔筒里拽出一揪马尾巴，问：这是啥东西？柳平喜拿过来看，看着是牲口尾巴上的毛，要扔。哪知生产队常队长看着说，这明明白白就是马尾巴，当年生产队的马尾巴果然是你们家的人剪了。那时你们还犟嘴发狠誓说，谁剪了马尾巴谁断子绝孙，我叫柳平安养生产队的马配种，你们柳家认为是欺负你们姓柳的从姓韩家回来的人，大伙看看，马尾巴能做啥？不就是能做琴弓，这邪乎事情也只有会拉二胡的人干得出来。当年的白纸黑字还在，那上面写着：如果是柳家剪了马尾巴，柳家欠生产队一匹马。落款人可是你柳平喜。

柳三胖觉得自己是糊涂了，怎么就忘记掏出团在竹筒里的马尾巴了呢？这事情除了和当初一样装不知，什么话都不能说。

柳平喜真是愤怒了，他让人去喊柳平安。

张老师走后，柳平安就像儿童丢了魂似的，整个人不讲究吃穿，不用说成立八音会了，人完全就活在一种糊涂状态中。

有些时候胸口上挂着二胡一边拉，一边骚扰跑着的鸡一下，调转身子又骚扰跑着的狗一下，惹得山神凹人大笑，觉得柳平安人都废了。有一年冬天，邻居家的母猪下了一窝崽，母猪老得没奶水，小猪拱着母猪肚子要吃，母猪嫌疼咬着小猪崽不让近前，柳平安就坐在人家猪圈上拉二胡，母猪受了什么感染似的嚎叫着忍着疼叫猪崽吃奶。柳平安看着这一幕眼泪哗哗往下掉，看见的人说，柳平安有了畜生性子，都是二胡引得他通畜生性子了。

这件事过后大伙都不把柳平安当正常人看了。

柳平安吊着跨骨头走过来，那张肉嘴嘟嘟着能挂一个油瓶。

柳平喜见走过来的柳平安，气不打一处来，多远就艰难地伸出手臂举着马尾巴问：

认得不认得？

柳平安斜睨着看了看，露出了笑。他做二胡很想用马尾巴做弓，可是他买不起，用下的料都是尼龙丝。只他自己的二胡是马尾琴弓，还是当年从剧团拿回来的。

哥呀，哪来的马尾巴，好做二胡的弓毛。

弓毛个球。你欠下债了。我看你拿啥东西赔，你日子过得刷锅水一样，你赔啥？你剪了马尾巴，你还藏到我家楼上，要是早些年，你犯罪我还得跟着你犯包庇罪知道不知道？你把脸丢大了知道不知道？

古玩贩子急忙说，不丢人，你们说你这破竹筒多俩钱卖？

柳平喜咬着后牙根叫嚣着：换一匹马！

古玩贩子说，按你说，你这破竹筒能值一匹马的价？你们不要吵了，指不定也许真值一匹马。

半下午，正是清闲的时光，年长的，蹲地晒暖阳的人，听说值一匹马立起身互相招呼着走了过来。这时节，女人喂猪打狗，屋里屋外，手脚不闲的，手里拿着生活舍不得放也急急走了过来。天气干爽得很，下地的汉子们多远看见凹里聚了人，也都扛着农具从四面八方奔回了村庄。三五成群的鸡被飞跑过来的孩子们扰乱了秩序，咯咯咯咯叫着，架起翅膀却舍不得跑出人群。女人们笑着，汉子们咧着嘴，老人们背着手，所有人脸上充满了惊奇。孩子们被大人制止得大气不出，盯着古玩贩子说，快听快听，拿不准是欺哄山神凹人呢。

古玩贩子说：马有老马，也有马驹，更有壮年马，就像你们山神凹人一样，老中少三代，要说值一匹马的钱，那也要看是一匹什么样的马，马驹？老马？青壮马？看你们柳家人，一定是说到你们过去的伤心处了，这样吧，山神凹的老少爷们，你们谁家还有旧东西，都拿出来，说不定也有值一匹马的价呢。

山神凹的人们你望我一下，我望你一下，还想等着事情有进展呢。结果心思都往自己家祖上留下了什么东西上去想了。

柳平喜急着说：你先说这东西是个啥？

柳三胖插话说：是做二胡的琴筒。

柳平安搭话：屁，人小鬼大难招架！

古玩贩子觉得山神凹有高人在，不敢乱打牙口，纠正说：是一个读书人用的笔筒。现在的读书人谁还用这东西，倒是可以做放筷子的筷笼子。

然后自己笑起来。

柳平喜长吁了一口气：哦，上面还有人物花草。你敢给一匹马我就敢卖你。

古玩贩子说：我给你一匹小马驹的钱，不为了赚钱多少，图的就是山神凹人认得我。其实你这个破东西哪能值这么多钱哟，给你这么多的钱，是因为你做了我接下来要在山神凹大量收购的药引子。

生产队常队长说：你柳家卖多少钱不管，那是你该得，方才咱可是在说剪掉小队马尾巴赔偿马的事情呢。

柳平安说：我还是当初那句话，谁剪掉了马尾巴就叫谁赔。

柳平喜白了兄弟一眼，这竹筒子真要卖下几个钱，那也是自己的，不能叫赔偿了生产队的马，他与柳平安虽然是一奶同胞，但是钱财的事情不能含糊。弓腰挺脊往前走了一步说：你说谁剪了生产队的马尾巴？还不显丢人？欠下你的也该还够了吧？你一辈子就这点出息，不做实诚人，人家是走不出山，你走出去还要返回来，能伸能曲的事情都叫你做下？

此时的柳平安已经明白了生产队的马尾巴就是柳三胖剪下的。想想总归是脱不开柳姓人。哥哥的话里有话，可话和事到此都该系一个疙瘩了。当初自己对此事之所以含糊认领是因为养着马好为柳家干私活，没有过多较真，现在哥哥都怀疑自己了，甚至借此事言明了别想叫拿卖笔筒子的钱赔马。自己是见过世面的人，礼让当哥哥的说，但也不能叫山神凹人笑话，何况从道理上讲也无法通顺了，哪有剪掉马尾巴就一定要赔一匹马的道理。

柳平安说：剪一条尾巴赔一匹马，你是共产党员姓党，你还是周扒皮姓周？

生产队长常忠宝答不上话来，旁边的人起哄说：就姓周呗。

常忠宝生产队长糊涂中清醒了，说，怎么能姓周呢？干部应该有党性原则，怎么说也是中央最小一级政府。

柳平安说，最小一级政府就应该姓周。

生产队长常忠宝说：你敢呛村干部？反天了你！我现在不跟你较真姓啥，你只用还生产队一匹有尾巴的马。

柳平喜说，常队长，你让他还，与我没事。

寡妇老婆走前来拉着柳平喜要走，不忘示意古玩贩子跟了自己走。

柳平安说，常忠宝生产队小队长，你红嘴白牙把话说下了，可算数？

生产队长常忠宝说，我以共产党员的名义保证，算数。

柳平安扭头去自己的院子里牵马过来，那匹马优雅地迈着蹄脚，屁股上的尾巴披肩发一样扫着四下里的虻蝇子。谁愿意自己的衣服上补一块补丁呢？谁愿意自己光鲜的皮肤上长一块牛皮癣呢？都愿意是别人。隔着马头，山神凹人居然想着，那匹马要是不长尾巴毛了多好？好戏就要开场了，可是马长出了尾巴毛。

缰绳很郑重地放在了生产队长常忠宝手里。常忠宝接住缰绳的瞬间，柳平安觉得人世有了沧海桑田的味道了。

眼前的事情把柳平安从乱梦中吵醒。这是一个好兆头，柳平安一旦拥有了自信，再贫穷也会不缺精神，这都是二胡的弦乐给他带来的好处。而不缺精神的人，会感到社会为他打开了一扇大门。是的，山外的人都开始贩卖古董了，还有啥事情不能做，指不定自己闷在山里久不出去，好多放开了的事情都有点不赶趟了。

古玩贩子来山神凹收购旧货这件事情，仿佛让长期生活在灰暗隧道里的山神凹人遭遇了炫目光芒的照射，山神凹每家每户的生活被摊晒在公众的目光下。山神凹人一开始还有些不适，经不住古玩贩子的嘴忽悠。有人取来了家里攒下的旧东西，有人要古董贩子回家看。一天时间里，山神凹就不太平了。儿子要卖老子不让，两口子干仗中间段，儿子拆卸了门头上的木雕刻花。一凹人居住的老屋，一百来年的光景，叫古玩贩子只几天时间，就把石雕和木雕，门楼和照壁等装饰性的东西都拆卸光了，拆光了的山神凹开始跑风露气。

山神凹无宁日反映到柳平安脑海里时，柳平安的认识有了质的飞跃。乡下人有钱能够撑起戏台唱戏的人不多，没有大热闹，凡俗之事也想有个小热闹。柳平安觉得这日子怕是要该拾起旧梦了。

7. 柳平安吹打乐器上没跟过师傅

夏天好热，什么事也干不成。柳平安把自己放在凉席上，自清晨躺到晚夕，院边上一棵老榆树，有三五只蝉爬在上面，泼妇似的鸣叫，他陷入了巨大的空洞中，无能为力，把所有从前的事电影一样过了一遍，觉得自己是个失败者，一时绝望得很，竟然忧伤得流下了泪。

黄昏时分他拿着二胡往山神凹对面山头上走，自山腰往凹里看，田埂上的麦子熟黄了，谷子青绿，一群羊往山下走，倏倏落了半坡，脚不小心碰了一块石头滚落下山崖，滑过草皮时惊吓了一只兔子，兔子没入了灌木中。柳平安觉得这一幕怎么和人生一样样呢？只是张老师已经化作了孤魂。他坐在曾经和张老师一起坐着的石头上拉曲子，不知为什么一抬手想拉的就是《望星空》。不能动二胡了，一拿起二胡，那些曾经的岁月便咕咕冒出来，让他胀满一腔的不快乐，索性不拉了，空留惆怅。没办法，带着一双脚来到世上，人不走脚要走，脚和心连在一起，不能一辈子在山神凹等着老死。

柳平安择日出了趟山，从山外干部嘴里知道天解风情了，无知使人失去敬畏的日子远去了，春风能风人，春雨能雨人，风雨浇灌，该行正经事情了。柳平安取出自己的蛇皮二胡，八音中没有二胡，二胡对他已经没有多少用途了，日子过下去真是很容易伤怀，他决定大方地送给柳三胖。

柳三胖这一年二十七岁，个子比柳平安还高。看见柳三胖远远的走过来，恍惚看见了自己的青年时代。先是一张刀条脸再是一张枣肠嘴，接着就看见穿着牛仔裤的两条长腿晃过来。触目惊心的是柳三胖裤裆前，紧绷的裤裆藏着一疙瘩秤砣。最能显示雄性的家伙，和这世界宣战似的，这小子真长成人了。柳平安怀疑自己的目光，把柳三胖从头打量到脚，又从脚打量到头，有一股说不出来的难过。

柳平安举着二胡说：叔送你。你突然就长大了。过去你做下的事情都走没了，不追究你了。叔想成立一个八音会，人活着总得做点啥事吧，日子真他妈快，什么都还没有做，什么都做不成了。还是你年轻，赶快成个家，学多了手艺挑剔人，看人心眼多，容易不好找对象。想想你是山神凹的人，你就得把架势放下。

柳三胖面无表情，脑海里突然出现了柳平安打自己的脸。

柳三胖说：嗯，你看看身后是什么地方。

意识到是荒弃的三神凹学校时，一只乌鸦正从头顶飞过。有某种东西弹拨了一下柳平安的心弦，他站着发了一下愣，向四周左顾右盼了一下。

柳三胖取着二胡扭头走了。

风旋着小旋风走来，风把柳平安的头发旋起，他努力瞪大眼睛去琢磨柳三胖的背影，张了一下嘴，并使劲用手搓了一下脸，他的头脑里飞快掠过许多忧伤的想法。铁匠铺、剧团、马尾巴、配种站、韩爱红、张冬棉，许多无益的，已经无用的记忆，还有他曾经拉着二胡调戏家禽和家畜的日子，岁月是由季节和天气积累起来的，而永恒的过去和无法纠正的命运不自觉的出现了一个对手。

“呸!”一口唾沫飞出口，他大声的吼了一句：

我早就知道是你剪掉了马的尾巴，只不过我喜欢养那匹马，对我这懒人来说，它就是我的劳力，我背着断子绝孙的恶名儿，不是我救下你，你的名声早就坏了，要明白，兔崽子，姜他妈还是老的辣。

走着的柳三胖听见了这句话，话总是从后面穿过来显得会很清晰，但是他假装没有听见。

柳平安开始收集八音会的吹奏曲目，每天在屋门口大声唱抄来的曲谱，有紧长皮、慢长皮、四起头、急急风、节节高、戏牡丹、四十八梆、老花腔等。八音是：鼓、锣、钹、笙、箫、笛、管、镲，这就逼迫得柳平安除了二胡之外还得会摸其他乐器。

八音乐队，太早了不清楚，童年时老一些的人说八音会的来历。大约在明隆庆年间（1567—1572），沈潘宣王朱恬焌在潞州为官，他喜爱音乐，把昆曲、皮黄等戏由南京带到潞州，与当地原有的音乐进行了杂交。当时，不仅每年农历正月十五在潞州城内大街小巷大闹灯会吹打，还为集市生意、婚丧嫁娶、满月祝寿、庆功贺典热闹。八音乐器中吹打乐占多数，技艺所学除了天长地久，还讲究跟过师傅——鼓佬。

柳平安吹打乐器上没有跟过师傅，这样盲目成立并演出很容易就叫别的团体挤兑没了。

柳平安决定再一次出山，奔往曾经学二胡的地方，去找县里“乐意班”八音乐会的师傅学艺。不跟师傅，艺人不买账，真要成立一个正经八百的“八音乐队”，在乡间演出，就一定得跟过“乐意班”掌鼓板的“鼓佬”，柳平安要活着挽回他丢掉的名声来，何况他也需要成家了。

晨鸡叫过不久，暗淡的天光下，灰暗的瓦屋鱼鳞似的排列着，漂浮着淡淡的雾气。通往县城的班车上，有许多认识的不认识的人。听说柳平安要进县里学艺，大家都笑话他，哪有黄土埋脖子的人了要出外去学艺。

柳平安心里明白，学艺不分老少，心中生事了，就得把这事弄成。

一路上，柳平安嘟着厚嘴唇不说话，也不和人搭腔。车过一个叫河西镇的地方，有许多人影晃动着，尘土荡起来，车窗玻璃外遮天蔽日的样子，透过玻璃飘进来一阵吹打声，唢呐的音色高高地挑起，弯弯绕绕挤进来，接着就看见一支八音乐队吹打着走过来，紧跟着八音乐队的是高头大马，马上骑着新郎，新郎一身蓝色中山装，新娘的装束是彩面妆，一身红，再后面是娶客、送客等家眷。这时候街道上的人群急剧地稠密起来，有人挡了前行的路，不外乎是要看一场吹打乐器的高潮表演。

贴在窗户玻璃上的柳平安先是看到了文场表演。文场突出唢呐吹奏技巧，吹奏者不仅大、中、小唢呐和老咪（口哨）都能运用自如，而且还要吹奏出喜、怒、哀、怨等不同的感情色彩；一会儿吹奏出各类歌曲，一会儿又吹奏出地方戏文。独奏，联袂吹奏，唢呐、丝竹，梆、鼓、锣、镲。这阵势让柳平安热血沸腾，坐车的人里有人开始用激将法：拜师还用去县城，柳平安，赶快下车找见鼓佬磕头去。

柳平安瞪了对方一眼。

对方说，瞪啥呢，就等着你学成了，看你的瞪眼家伙呢。

八音乐器演奏因为伸胳膊蹬腿激情四溢，也叫瞪眼家伙。

文场演奏罢，武场开始了，瞪眼家伙明显。武场突出鼓、锣、镲，“鼓佬”不仅负有指挥职责，掌握演奏的节奏情绪，而且击鼓花样迭出、令人心动才算高手；鼓佬手中的锣镲节奏有致、嘹亮利落，一起一落上下翻动金光闪耀。人越聚越多，大车小辆全都挡着走不动，索性司机就打开车门叫旅客都下去看热闹，只是不要忘了自己的车在哪停着。只见高潮处、忘情时，鼓佬将手中锣镲抛向数米高空，随手接来，继续按节奏敲打，引得观众鼓掌喝彩。

演出结束后，有人看见下了车的柳平安朝着掌鼓板的鼓佬“扑通”跪下了，五十多岁的人下跪，那一跪惊吓得新娘的马趔趄了一下，大惊失色的新娘正要张开嘴喊叫，听得柳平安从腹腔里粗声低气地叫声“得儿”，马鬃左晃右荡了一下，马就安妥快慰了。

8. 柳三胖跟着王怀让学会了走江湖

柳平安的出山给柳三胖一种沉重而无法派遣的迷茫。剩下的日子怎么过，迷茫中山外一个叫王怀让的唢呐艺人进山来找柳平安，他们想成立一个八音会演出团体，想叫柳平安牵头。这件事情的重要性启示了柳三胖，他特意把来人请到自己家，和父亲柳平喜说明了王怀让的来意。

柳平喜锅着腰从窗台上摸过一包烟扔给王怀让，叫他自己抽。

日头被屋檐挡住了，使它不能遍落在窗户上，屋子的四处都是暗，偶有一丝明照在门口的脚地上，有几只蚂蚁沿着柳三胖的白运动鞋在爬行。王怀让抬头看柳三胖，这样的小伙子如果在山外，等不得这年龄就叫女人收拾了，山神凹，谁家姑娘愿意进山里来，连日头都照不进来的阴暗地方。

王怀让说：还没有说下媳妇？

柳平喜说：你操心打问一下，看有没有条件差的给三胖说一个。

柳三胖心里不悦，说：怀让叔是来商量成立八音会的事情，我叔不在，我愿意和他们合伙成立，我还有新想法呢。

王怀让抬头等三胖说想法。

柳三胖说：咱把说唱融进来，婚丧嫁娶来客有个看头，不仅是锣鼓钹镲闹得欢，有女人在中间唱，是亮点，也热闹。

王怀让很赞许三胖这一点，就等柳平喜发表意见。

柳平喜说：我老了，老不中用了，让他学个家常手艺，他偏偏跟他叔一样喜欢拉二胡，只要能有事做，是好事，我支持。

柳平喜又说：说成立就要抓紧不能松懈，平安一回来就没有你们的戏了。

柳三胖和王怀让商量，咱们先召集民间艺人回山神凹集训，在柳平安没有回来前笼络人心先入为主干起来，等他回来粥已煮熟，叫他接手也不晚。

柳平安不能说和自家兄弟有过节，只能赶快叫三胖收拾东西和王怀让往山外走。

年龄的增长给了柳三胖一种空间移位的幻觉，好像置身人群中，他的位置越来越是柳平安的影子。

两日后，柳三胖和他的团队抓住暮色氤氲之前那最后一秒光明站在了山神凹的山头上，人手一种乐器：鼓、锣、钹、笙、箫、笛、管、镲、二胡。站在山头上的他们开始看山下。此时的山神凹人正是打场晒粮收工时分，男人的木锨一下一下地向上挥舞，高粱、玉米、豆子被木锨抛向半空。草屑、尘埃连同所有轻飘飘的沙土被风刮往远方。扬起落下的尘土不知不觉拢住场上弯腰叠肚的山神凹人们，那是热火朝天的生活啊，哪一家都有婚丧嫁娶，天性喜欢生活的人遇事都想有个热闹，有热闹就不愁赚不来钱，就不愁赚不来烟酒。

路过山神庙时，一干人进去拜山神。庙门前石头刻着一副对联，上联写：红喜事，白喜事，红白喜事，下联写：哭不得，笑不得，哭笑不得，横批写：管地顶天。柳三胖走过去在山神爷前点了三支纸烟插进香炉，然后号召所有人跪下重重的磕了仨头，站起来时，说：山神保佑，我们给山神老爷来一场么！

冷不丁山头上锣鼓家伙的脆响穿透了空寂，他们身上胀满了力气，锣鼓敲得狠，左挥右舞，土尘飞扬。一堆轰然作响的响儿从山头上跌落到山神凹，山神凹人也开始兴奋了。被古玩贩子卸掉的缺胳膊少腿的屋子上空，因为凹里没有风，一股一股的炊烟依旧升得很稳很慢，老高老高也不散开，像是坚守着山神凹最后的宁静。可是锣鼓家伙砸下来时，升高的炊烟还是乱了，甚至四处乱撞，互相纠缠着，丝丝缕缕挂扯在树梢或半空的灰尘草屑上。锣鼓响儿惊扰得在家做晚饭，上了年纪的女人突然摔盆打碗了。盆盆碗碗总归是边沿的器物，砸了毁了伤不了生活的根本和元气，可碗破得没有声响，被山头上演奏的八音会淹没了。这日子似乎有什么东西蜷伏着，人心开始慌慌的。

柳三胖的摊场放在山神凹小学。柳平喜当了山神凹的保管，小学的钥匙他拿着，此时常忠宝已经当了村支书。打开学校门的刹那，柳三胖回头看王怀让，从前他没有观察过王怀让长什么样子，此时，他看到了。四十多岁，干头狭脸，薄嘴无须，一顶前进帽压得很低，细眼隐藏在帽檐下，柳三胖没有办法端详他的表情。

柳三胖叫了一声：叔。

王怀让说：叔啥哩，赶快拾掇出教室来。

柳三胖说：我咋觉得这事情没有谱呢？

王怀让说：要啥谱，山神凹的支书在场，支书说两句，咱身后就有了依靠。

常忠宝背转着手说：你们又不是山神凹的宣传队。

王怀让说：肯定是么。我正准备和你商量一下写个条幅，啥事身后不能没有组织。支书，你说咱写个啥？

常忠宝说：要不就写山神凹八音会？

王怀让一拍手说：就按常支书的写，这学校以后就是我们的据点了，以后凡事回山神凹排练，吃住都叫常支书管，常支书是我们后台老板。

常忠宝搓着手笑：吃住算啥，你们弄大了能进县里演出，我还要给你们换行头哩。

王怀让的激将法挑逗起了常忠宝的热闹兴趣，随即安排队里人给柳平喜发放粮食，乐队吃饭就在他家。

柳平喜太激动了，一辈子没有出过山几次，山外人和山里人的聪明劲儿真是不一样。

仓库里居然还放着一些响器家伙，只是那些家伙已经被蛛网缠绕得很旧了。蒙了灰的鼓皮发暗，铜锣长出几点绿毛，时间很无趣很寂寞地处置了这些具体实物。这屋子里还有张老师的记忆。

一群驴从门前走过，放驴人没有响鞭，看到热闹停下来打问了一下说，你还回来山神凹做啥，有本事的人都出山耍本事去了。然后眼睛眯着看站在外面的柳三胖，吆喝了一下驴，走过去还扭头看。柳三胖探出头和外面的人打招呼，想起张老师的样子，村口前，秋阳下，张老师的笑脸是唯一的花朵，学生娃的笑声比鸟更动听，现在村口上什么都没有了，就几年光景。柳三胖抽回身从角落里捡起一只唢呐，吹落灰尘，鼓起腮帮，唢呐口咪的音儿软如弹簧却是一声也不出。王怀让取过来，用舌头舔了几下口咪，冲着空寂的屋子鼓足了劲吹，那唢呐声直冲屋顶，柳三胖突然就哭了。

学校收拾完毕，王怀让叫人用长条桌子在讲台上做了主席台，这是叫山神凹常支书讲话，支书一讲话“山神凹八音会”就正规了。

常忠宝支书也开始认真了，叫人通知晚饭毕都来学校开会。

晚饭毕，常忠宝突然不知道要说啥话，就想结合形势讲讲。见了王怀让问讲啥？

王怀让说：讲讲女人不能围着锅台、地头转，只要叫了

“山神凹八音会”，山神凹人就要占多数比例，你就叫女人来唱，唱啥都行，最好是有姿色有嗓子的人。

王怀让琢磨这事情也对。站在讲台上的他清了清嗓子说：咱山神凹成立了八音会，是天大的好事。咱山神凹的八音会就应该和山外的不一样，山神凹的女人都参与进来，没有女人的八音会不叫八音会。

听说八音会要女人说唱，山神凹原先跟着柳平安二胡唱过歌的人一时有说不出的好奇，同时也扭捏着，这事情不是说能张嘴就敢唱，最主要的是要有胆子站在人前。女人们把自己的羞涩捂在胸口前，不敢张嘴唱。柳三胖说，这社会撑死胆大的，饿死胆小的，人家山外人都进城当小姐了，你们不敢卖个唱。几天下来音乐声就把山神凹人的胆子弄大了，第一个敢站着比划唱的是王耀祥的女人小翠。王耀祥干头狭脸，细眼薄嘴，经常跟着人出外打工，赚下的钱不够养家，穷日子过得寒酸，小翠想着这日子往前走，越走越没有盼头，与其如此自己就跟着学唱赚几个钱养家糊口也是正途。小翠带头一唱，女人们的心就痒痒了，都来练习，一下子柳三胖组织的八音会便有了老枝上暴出新梅的新奇劲。

八音乐队中人员素质很讲究，需要有几个好“吹家”，不是二胡。好“吹家”是衡量一个八音乐队团体质量高低的主要标准。尤其是吹打武场，就算是文场也是吹打轮番、文武和唱、互为激励。柳三胖和王怀让商量了一下，知道团队的吹打力量不足，就多叫女人唱，最好唱民间小调，那里面有难以言传的挑逗，听的人喜欢听，八音会才有销路。

排练得差不多时王怀让出山去写台口，几日后回来说山外高平村一家出殡老人，三天吹打家伙送葬，三天中夜里要音乐陪守灵人送三更纸火，最后出殡一场，统共600元。一凹人兴奋了，看着是瞎唬弄的一群人，说能赚钱就能赚钱了。

演出是夜场，出发时定在午后。旧社会曾经的风景，很快又浮出了许多老人的记忆湖面，当年那些走出山外的女人一脸兴奋，犹在眼前。女人一走出山，啊呀，山外最不缺少的暧昧风景一波一波的就要涌入她们的心间了，金钱的杠杆正在撬动数十家螺丝松脱的婚姻，她们在八音会中添加的露骨挑逗的民间小调，谁又能管得住那些心要走野的人呢。

一干人走到山头上，雨来了，突如其来的雨，把他们的视线扰乱了，小翠说，看不见山神凹了。另一叫红丽的女人说，看不见了好，没了山神凹，咱就都到山外落户。

过云雨，雨走后风来了。无数的云聚集在山神凹上空，像被什么神圣的号令驱使，正顾头不顾尾地向山头上站立的他们涌来。风带来了移动，漂泊和变迁，风裹挟着响打乱了山神凹简单活着的理想。

9.不是冤家不聚头的叔侄

雨把风带走了，晚夕很长。雨水把天空洗得很蓝，因为没有风，叽叽喳喳的麻雀们，三五成群，东飞西蹿，不时响一下的锣鼓钹镲惊扰得它们扑啦啦乱飞一气。一路奔走，使得一干人的脑门微微冒着热气，人人都比往常生动和鲜活。

傍晚时分，高平村恢复了一天之中消歇下来的情形，女人端着簸箕拿着笤帚领着娃娃走在村街上去砸碾。分散在村外的人和畜生都脚步匆匆地从四面八方奔向村庄。柳三胖一干人就要进村了，出口上有人等着他们，要他们绕小路进村。远远看见村上有一家娶媳妇，进村口搭了红事彩棚，看样子是有钱人家。因为是办丧事，“山神凹八音会”要绕着小路进了村，白事不能和办红事的人碰头。

办事人家的门外也搭了彩棚，搭的是白事的彩棚。进出院子里的人有穿孝衫有穿孝裤，腰间都系着麻绳子。院子里支着大锅，就等音乐来，柳三胖一干人到后立马下面。灶膛里的柴火噼噼啪啪燃爆了，见地上放着一摞一摞的碗，看着锅里的面滚了几滚，灶膛里的一疙瘩柴被拖出扔在了院边，烟气弥漫了整个院子的上空。掌灶的人先给三神凹八音会的人盛饭，有专门端饭的人。

柳三胖爬到院墙上扯起“山神凹八音会”的横幅，和院子里的孝子孝女比，横幅是红布白字，月明下“山神凹八音会”显目得很。

天黑时出了月亮，多亏一场雨，雨把云里的水下完了，云在天上就显得稀薄。主家请了和尚做法事，和尚先是放“焰口”，焰口有不同，简单一点坐下来唱的叫“平台焰口”，摆上一个布满麻油灯的托盘在桌子上，和尚道士唱叫“花台焰口”，这种热闹还不叫热闹，只能说是超度亡灵。放完焰口后八音会登场，女人们一扬手绢跟着音乐唱，热闹一下就扬起来了。乡下人把这个当成大事，早早饭毕提板凳坐在了办事家门前就等

《人物写意画》　葛水平作

那热乎乎的唱。乡村人家对八音会的唱从来都不较真，任由她们满嘴胡说，也没有人计较，只要乐器聒噪又唱得像模像样，也没有人肯定当真红脸争执。

晚饭后冷不丁一两声炮响，响声穿透了空寂，是娶媳妇家点燃的响。这家院边上一棵桐树，去年墙外干朽的树杈承不住这两声巨响，突然折断了。断了的树枝连同干叶子落在地上，“噗噗”作响，声音干枯而空阔。

八音会要开始了。

一阵子锣鼓家伙后小翠第一个上场。

小翠唱的是地方秧歌《闹五更》：

一更天盼丈夫，丈夫不来，
小砂锅熬米粥，溢出来。
二更天盼丈夫，丈夫不来，
铁铛的烤锅盔，醋溜白菜。
三更天盼丈夫，丈夫不来，
大花被子小花儿褥子满炕铺开。
四更天盼丈夫，丈夫不来，
扒窗台扶窗棂，奴流下泪来；
五更天盼丈夫，丈夫不来，
骂一声你死烧骨狼拖狗拽。

小翠的嗓子如砂轮上打磨出来，尖刺扎耳，尽管看的人嘈杂声一片，小翠的唱照样能飞上高处，树上夜宿的鸟儿被吓得箭一般飞往村外。小翠边唱边扭，一双小眼，溜亮，遇到满腹怨恨时，眼睛就像玻璃弹子要弹出去。

观众是流动的，看的人越来越稀稀拉拉，问旁边的人才知道村里的人都去看办红事人家的八音会了，他们请了县里最好的八音会“乐意班”。山神凹八音会的唱进行到一半时，一个人挤过人群走进来，暗夜中谁也没有看清楚是哪一个，只见来人径直走到柳三胖身边要过二胡一口气拉了七个把位的琶音，来人运弓充满气韵，如初生赤子的啼哭，力道来自母体而非五谷杂粮。

来人摁着弦说：

你看死了，唢呐的眼位全定在这儿，气息的轻重尚且能使声音变化万千，二胡靠了两根弦，手指的把位不定，越发要你气息的整理。弓就是气息，气顺、气旺、气沉，才不叫你心浮，玩那两下，就敢成立山神凹八音会在人前要饭吃。

来人说完扔下二胡昂昂而去。

柳三胖呼啦就站了起来，这个人不是别人，是柳平安。他现在是乐意班里的主要吹手。他听说高平村又来了一队八音会，叫“山神凹八音会”，他有些奇怪，当看到山神凹八音会把正经民间音乐弄成杂耍时，他心里难过得想骂，忍着不来看，可脚不由心。

柳三胖面对高平村的观众，恨不得把脸也扔到柳平安的身上。红白事在一起吹打，白事不能冲撞红事，如果撞上了，白事要给红事一丈红布，也叫“一丈红”，一般谁都不愿意撞见。八音会也讲究风水，又是办红事的人来闹事，这就等于砸了摊场。柳三胖冲着柳平安的后脊背喊：柳平安，不怨我不叫你叔，你从此降格了，你就是山神凹一个穿开裆的屁娃！

这话骂得也叫狠。

王怀让安抚柳三胖不要生气，生气等于给我们自己的伤口上撒盐。找了歇息空挡，王怀让假装出去小便偷着去看乐意班的八音会。

乐意班的八音会，所有吹打人一律穿八套红褂子。正规的八音乐队，为红事吹打时，要穿一件红布“小褂”。穿红布褂子八音会也叫“红衣行”。其实按规矩说，穿红衣的只办红事，不办白事，总因为都是给贫苦人家吹打，哪里能有太多的讲究。办白事吹打乐队就一律黑衣。敢穿红衣的那一定是官方民间都肯定了的正规乐队。王怀让看到柳平安一人三样乐器，脚上是板子，嘴上有唢呐，胳膊挽上还吊着铜镲。他用齿音、喉音、舌音、吐音、气颤音吹出本地戏曲中的姑嫂对话，又用指滑音、气滑音、腮震音、腹震音、指颤音、臂颤音、气颤音，模拟出旦角的唱腔。观众是里三层外三层，一脸兴奋。王怀让想，这才是他想要的八音乐队，他没有难过也没有激昂，显得很平静，平静中萌生了自己的想法。“良禽相木而栖，良臣择主而仕”，他已经明白了，讨便宜的人，总有一天要吃大亏，他有了自己的想法。

三天后出殡死人，王怀让自己去商店买了一丈红布，要柳三胖去给柳平安送去并磕头谢罪。柳三胖说，除非山神凹河断流。王怀让说，既然这样了，只能我去。所有即将发生的事情在两个人的对话中看不出任何迹象。

整个出殡显得无趣而空落，四方相邻开始骂，说这是日哄人，这也敢拿钱！

王怀让最后结束时找不见人了。柳三胖不知道发生了什么事情，忍不住把不祥的事情从头到尾想了个遍，有人告诉他王怀让正在一丈红上磕头拜师呢。柳三胖多么希望王怀让能回来，可王怀让不会回来了。

一伙走在羊肠小路上，又是傍晚时分，走到山神庙前，柳平安突然心血来潮冲着黑黝黝的大山开骂了：

你个心怀鬼胎，虚头巴脑，吃里扒外的王怀让啊！

你个口若枯井，声若豺狼，腿若蟑螂的王怀让啊！

你这个连唾沫星子都溅着晦气邪气阴气毒气的王怀让啊！

骂着骂着就觉得没意思了，造成这样的后果不是王怀让，是柳平安。相随着的同伙一致认为就是柳平安，柳平安才是背后的推手。柳平安原本是山神凹人，学了手艺就狗模人样拆山神凹人的台。骂他，就骂他。

柳三胖指着小翠说：你骂他，他欺负你还不够，你枉和他好一场。

小翠就扯开嗓子骂了：

月明黑天这是谁寻死呀，寻死不要死在我跟前呀，长江没封顶儿，黄河没盖盖儿，你个柳平安，去呗，去呗！

柳三胖和几个一起跟着喊：“柳平安，去呗！”

骂着骂着天就黑了，一伙人被山风吹得激灵得很，有人提议唱黑戏，唱就唱，把心里的怨气唱出来。一伙人在黑里，刚才的骂已经把夜搅得很乱了，有些小动静，很慌忙很疲乱地在草丛中逃蹿。第一声响是唢呐，紧接着二胡、鼓、锣、钹、笙、箫、笛一起跟上。

夜憋不住了，风嗖嗖地贴着草尖刮过，穿过山巅走掉的那条路似乎也被月明揪得立了起来，孤魂野鬼始终在游荡，也是他们唯一的观众。他们被柳平安伤害了，柳平安是他们精神深处的痛苦。夜，幽黑无底，在土尘中，树丛乱掀，月明悠悠垂地，最后的一声唱放出去拽不回来，每个人的胸腔里的火苗都点燃了，这一辈子和柳平安势不两立！

10.人生有多么不甘如此

柳三胖某年秋天，姻缘开运了，经山外人说合娶了柳岭一个小寡妇，寡妇叫叶巧巧。丈夫死在秋天，山里人收秋后进山采药材，不小心踏空把命丢了。人死如灯灭，死人死了，活人要活。给叶巧巧说媒的人说起山神凹的柳三胖，说条件还可以，就是光棍久了不做正事，曾经弄过山神凹八音会，没弄成，弄出一场笑话，后来人就成了一个笑话。都说他啥都弄不成，有力也不想往地里下。叶巧巧不知怎么的就偏偏相中了柳三胖，一来二往走动了几回，这件事情真成了。

叶巧巧个子不高，肉，说话快，行事利落，走路后脚跟吃劲，扭来扭去，跟着柳三胖回山神凹来过日子。见了山神凹人，叶巧巧嘴甜，叫得腻腻的，还长时间盯着人家的脸，很知冷知热的样子，停下来说话陶醉得深。柳三胖站在一边笑，夸张、空洞，跟放风似的，太阳也温暖，柳三胖看着自己的女人，深情得欢。人走过后，山神凹的人才知道叶巧巧不和柳三胖办理结婚手续，要先过一段日子，也就是试婚。这些新名词对山神凹的人来说很稀奇，就想着有啥事情发生才好。

当天晚上有人听窗，夜静人稀了，只见床上坐着的叶巧巧一身红，电灯下人显得羞涩，柳三胖走近叶巧巧搂着，似乎看上去不是柳三胖急，是叶巧巧急。叶巧巧撩起红球衣露出两个大奶穗子，示意柳三胖俯下来，柳三胖俯下身，叼住奶穗子的那一刻，像婴儿一样发出“哃唛哃唛”的声音，突然的被柳三胖弄疼了痒处，一时没有矜持住，叶巧巧叉手扬胳膊翻身站在床上笑了起来，好像天底下只有她和柳三胖。

突然的柳三胖跪在地上，仰着脸一本正经说：“巧巧，咱结婚吧，结婚生娃，生一个八音会，吹拉弹唱都有，吃饭吹哨。”

窗户外的人被惊讶得目瞪口呆，柳三胖的人生有多么不甘如此。

天下

《梦散人醒，寡味而孤清……》　葛水平作

一

谷堆坪在歪脑山的北面，进山只有五里路，山下一条眉河，秋阳下眉河水光潋滟，迷人视目。

一天黄昏，阳光腾人，谷堆坪村妇软琴，在眉河岸边柳荫下捣衣。偶一抬头，瞅见不远处的河面上，浮着锅盖大一块黑糊糊的毛帕帕。软琴想，八成是漂浮着的枯树枝。又低头捣衣，没料想，当她又瞅了一眼时，那个毛帕帕浮出水老高，竟是个活物儿。冲着软琴而来，一忽儿水下，一忽儿又戳了出来，直到挺挺地立在软琴面前，软琴才看明白了，是个男人。

晚夕在天空烧着，一河的红，像是画师拖着狼毫的泼彩。

软琴立起身死盯着那个男人。男人也傻头傻脑，一动不动。瞅来瞅往，终于使软琴厌了，“你想做啥？”那个男人扑通一声倒在了软琴脚前。软琴心里发慌，拣起一块河卵石朝着近水砸过去，水花溅出老高，溅了那个男人一身，他依旧不动。死了，软琴想：这个人死了。

死人不可怕，这年月死人多，战争、饥荒，一天不见死人还叫人稀罕哩。软琴扶起男人的头，还有一丝气息，软琴想，指不定能缓过来。抬了头望对岸，对岸上泊村有一座古塔，以前古塔下有座庙叫法兴寺，寺没了留下了塔。塔有些歪斜，两河岸边的人传说，塔倒时定要砸死一个戴帽人。人们互相等着看那个戴帽人出现。软琴从闺女时代活到做了人媳，除了当兵的后生戴帽，老百姓都捂着羊肚子手巾，她要自己的丈夫霍长驴头上羊肚子手巾都不捂，软琴说：千千万万不能从那塔下走，你走过，我就成了寡妇。

软琴想着就笑了。怀里的那个脑袋动了一下，缓缓睁开了眼。活了。他看到了软琴的笑。

男人忧心惴惴，脸色焦黄，眼神迷茫。软琴的笑渐渐地在他心里聚成一团温暖的东西膨胀开来，他支着肘想起身，软琴说：“你站得起来么？”他往起站时小声说道：“带我回家。”流动着傍晚时节的空气里，因为他的这句话仿佛叫醒了软琴的母性。软琴搀扶着他走，似乎他的腿也受了伤。这时节晚霞褪了，满世界水流一样温情并且宁静。

走了一截子路，男人恢复了一些力气，软琴要他站下，她匆忙返回岸边取了木盆，跑回来继续搀扶着男人走。山口上玉茭地里的红缨须渐次变黑，穿过弥漫的庄稼的馨气，软琴气喘吁吁，因了裹脚，走得吃力。

软琴家的院子里，霍长驴拿着锤子敲铁，打击声空阔地撂出院墙。软琴大声喊道："霍长驴你快出来。"霍长驴出了院子，破旧的黑夹袄腰间束了根布带，他跺了跺脚，伸出粗糙的大手接住软琴的木盆。男人歪斜了一下，脸一时扯得走形了。突然切入生活中的这个男人叫霍长驴的心隐约慌张了一下，他和软琴挽紧男人的胳膊，左摇右晃地进了屋。接着霍长驴出了院门，看谷堆坪的街道，一群麻雀起起落落，在黄土道上希望渺茫地搜寻粮食。霍长驴听得自己变得急促的呼吸，他有些害怕人的眼睛此时出现。如果忘掉刚才和记住刚才一样容易多好。毕竟是一个陌生人进入了家门。世道乱了，是福是祸他不知道，更不清楚要承载什么样的恩仇。

这个男人清瘦，个子不高，颧骨明显，眼睛眍在眉骨下，闭着眼睛，叫人明白不清。软琴倒了一碗水，霍长驴搬起他的身子灌了几口，男人咳嗽了一下。天暗下来，暗让什么东西蹲踞在屋子里。霍长驴说："你能说话吧？"男人咬着牙关点点头。"你从哪里来，要到哪里去？"男人压着气说："河对岸来，到河这边。"这等于没问话。

男人咧开嘴，什么地方又扯疼了他。软琴看他那一条僵硬的腿，解开裹腿时，软琴看到腿上烂了巴掌大一片，紫痂下拳头样鼓起了黄脓。从河对岸过来，拖着一条烂腿。软琴没来得及想什么，跳下炕捅开火，往锅里下了一把花椒。软琴从肚兜里掏出针线包，取了针在男人化脓的地方扎了几下，脓像癞蛤蟆的皮一样鼓出来，等脓清理干净时软琴用净布蘸着花椒水洗，男人被洗得睡了过去，睡得踏实。

霍长驴看软琴，麻纸窗户透进来的光移动得快，软琴的脸被黑白替换着，只到黄昏最后的那缕弱光穿过云层诚实地射到软琴身边这个男人的脸上，他才开始怀疑这个人的到来是不祥的。再看软琴，河水的清凉都从幻象中来，似乎还在梦里，梦醒来，一下被霍长驴的眼神射过来的刨根问底扼住了。心里叹口气，心情竟然也茫然了。“河对岸来，游到这边。”河对岸有枪声，他是哪一派的人？这个男人头枕着胳膊，脸朝着他们，呼吸平缓。软琴使了个眼色，跳下炕出了门。

两口子站在院子里，头罩着黑暗交头接耳。河对岸，八路军和日本人在交战，子弹像发情的蜜蜂，似乎并不都是依附在树叶上，可是河对岸的树光秃秃的，全都叫子弹咬走了。软琴说：“反正他是个人，咱得把他当了人养。”软琴掉了一下头，眼睛里有妩人的媚态。霍长驴知道说服不下软琴，想着，算了，明晨一早睁开眼这个人就会消失。

二

云朵移动得快，月明的清凉从屋外照进来，男人平缓的呼吸激得霍长驴后股发凉。门外不敢有风吹草动，睡得不实，坐起来取了烟袋一锅一锅抽。蚊子嘤嘤飞过，软琴也睡不着，门脑上拽下一截艾草燃了，艾草的烟气熏得两口子的眼睛半睁半合，眼前就不再和以前一样了，黑暗漩涡似的漩出无数个阴影，突然听得夜风使树枝树杈发出尖叫，两个人皮肤收紧不约而同看炕上的人。那个人睡得踏实。艾草的烟气集成一团别扭的影块，罩着他，不肯散去。

男人在软琴的炕上睡了五天，软琴每日都给他用花椒水洗伤口。男人醒来时一下坐了起来，抬首望屋子，渐渐地有了无助感。炕上只有一床破被子，屋子里空得不见一个装粮食的缸。他让软琴如鸟惊起，张惶扑翼地躲了一下他的眼睛。男人迅疾爬到窗户前看屋外，天空明净得像一个漆过的蔚蓝罩子，漆色明亮生辉。他转头看地上的软琴，因为躲避，软琴的两个奶子不停地摇晃，让他感觉到了人间热气。软琴从地灶里掏出一个土豆递过来，黑漆漆的土豆，吃起来有连着骨头带着筋肉的感觉。

他说："天气好。"

软琴说："天气好。"

他说："我没死，活着。"

软琴说："好好的坐在炕上呀。"

他说："我睡了几天？"

软琴说："你不知道啊？"

他说："都不记了。"

软琴说："巴巴地睡了一巴掌。"

他说："误事了。"

软琴笑了。

软琴说："多事磨难，只要天不塌，人活着就不误事。"

他该怎么来和这个女人解释呢。

“你家一年四季吃啥喝啥？”

软琴说：“吃屁屙风。”

软琴说话天高气爽的样子。

“我问的是你家粮食可多？”

可多？你看秋阳高照的山坡，该是男女老少立地根的时节，打仗，延续到啥年月呢？是人都乌龟样缩着，种那几分地粮食不够老黄（鬼子）来扫荡。以前秋禾多，糜谷、荞麦、玉茭、高粱，战争一来缺口粮，土豆耐旱高产，人顾不得伺候也长。土豆成了百姓养家糊口的首想。土豆耐得住天红日晒，切片晾晒在河滩上黑雀雀的，也不怕地鼠飞鸟啄咬，一年四季玩花样吃，干土豆片可磨粉，粉可蒸馍、擀面、压饸捞，面糊煮菜糊脑也糊肚。粮食在家户里有个小名儿叫：金贵。这金贵儿吃多了屁多，你可听得见霍长驴夜里的响屁声？软琴边说话边在火上坐锅做土豆面糊，滑溜溜的面糊喝起来如北风呜咽。战乱使得山庄小户都沦为饥汉，软琴秋叶似的叙述，让炕上的男人默声了。

天黑下来时，男人知道了这谷堆坪有个富户姓黄，不仅有几十亩山地，还是大院家宅，骡马车辆，长工短工，还开了油坊。只是黄财主舍命不舍财，每日鸡叫起床，吆上牛驴，跟长工一起下地劳作，不歇晌。不过，给他当长工能吃上蒸馍米汤。软琴知道炕上的男人叫李满堂，对面武工队的人，过河来要做一件事，这件事，软琴不能够满足。夜黑的时候霍长驴回来了，他到对岸给日本人送柴，说武工队的人稀松扯淡，拿着土枪抢日本人的粮库没等来得及装铁砂和火药，叫日本兵一阵子乱枪打散了，还丢下了几具尸体。软琴看罢霍长驴看李满堂。霍长驴看李满堂又看软琴，想着，不会一天不在他们就弄下事吧？

李满堂挣扎着下炕，心情被什么呛着了，有一种渗透到骨髓里的阴冷，风从门外倒灌进来，盘旋在脚地上，盘旋着屋子里的热气。拐着腿往门外走，软琴使了个眼子，霍长驴扶着李满堂出了院。树叶间漏下斑驳的月光碎块，李满堂靠着土墙，浴着微凉的月光，一切敌人和仇人，吸血蚊子和风，担惊受怕，都暂时不能使他动弹。突然他抓紧了霍长驴的手，一瞬间话都开启了，像潮水一样地涌来，不可阻挡。

李满堂从河对岸冒着敌人的盘查来到河这边，武工队缺粮，他出门借粮，走到河边没躲过盘查被认出了。发现后他决定赌命跳河，落水一刹那中了老皇的枪子，他坚持做一条鱼，上岸前他有使命。没有粮食战争不能继续。跳河时裤裆里绑着一袋子光洋，游到河心都散了。一开始还能感觉到光洋在腿脚的一伸一缩中滑溜溜痒，弄得像洞房花烛里的春事一样，来不及激扬，那一抹可人的温存就完成了短暂的永恒。一颗勇敢的心和强健的体魄，他不希望挑战水时牺牲，牺牲在水里如同死在女人的身体上一样不够体面，他的死应该有更重要的意义出现。夜更加安静，树梢头似有生命一般，在身子下起伏，为了粮食，那些和老皇换命的人全依赖我还活着。敢和老皇换命，那是联系着无数人的苦乐。李满堂讲得断断续续，嗓子里像堵着一把柴草。听的人一时委顿入泥，一时又像受了花粉的工蜂一般，瞪大双眼，透出怪异。打仗是要死人的，霍长驴稀罕他不怕死，不怕死的人和普通人有啥两样？战争是一个大窟窿，把活人填满。光阴转机，最后站在窟窿前笑的那个人就是胜利者，胜利者的脚下有敌人养着，只有胜利了，战友的骨头才会发芽。普通和不普通人的区别就是死决定一个人的价值时，不普通人什么都不怕。霍长驴一下神圣了，就是说人不能像死猪一样活着，死猪一样囫囵无知地活着的人，固然离开了死神的魔障，可活着时骨头都不会发芽。

霍长驴知道，黄财主家有粮，可黄财主最喜光洋。软琴要霍长驴去黄财主家试试，看有没有活口借得到粮食。软琴给了霍长驴一个眼神，霍长驴没回话，他就像软琴眼神里射出的箭，起身就走。

风如杀猪刀，刀刀挑着霍长驴的后脑勺。他缩着身子走到前村黄财主家的大门口，黄财主的木门有肉案子那么厚，上面还包着铁叶子，两边是高大的风火墙，望一眼脖子都酸疼。举起手拍了几下铁门环，半天，黄财主挑着灯笼，穿着油渍渍的青布裤褂开了个门缝，瞄见是霍长驴，也不大开门，只问，夜黑得对面不见脸，来做啥。霍长驴希望他把门开得大一些，黄财主抖着几根杂毛须，光亮照着他呲开嘴时镶了金的两颗门牙，人倔强地挤着身子不往大处开门。霍长驴说，想找黄财主你张个嘴，借一些口粮。黄财主上下打量着霍长驴，浑身不值一块光洋。这年月大风吹不来粮食，没有多余的粮食往外借。你可有光洋？光洋是粮食的爹。我是来借，借是不用光洋的。黄财主说，你是素菜落肚图个一脸舒爽是不是？不等霍长驴再回话，门重重闭上了。闭门时拍疼了黄财主的手，“哎吆!”之后，安静得没有了下文。

霍长驴攫嘴吊脸往回走，泥路上四面透风，一地泥尘。走出老远后，黄财主家的狗蹿出来冲着他带走的影子吠了几下。霍长驴弯腰捡起一块石头蛋子朝着狗扔过去，嘴里喊了一声：“日你祖宗!”狗站着不动，黄财主家的狗都敢站着不动，比他妈人还有定力。霍长驴的肚鼓着和猪尿泡似的，边走边抠手心里的老茧，抠不动时拿嘴撕咬一下，也没感觉。手心里的老茧是岁月积厚的，那狗要敢近前来能一掌拍死它。路过黄财主的打谷场，场中央堆着隔年的谷草，经了一年风雨，黑污着。霍长驴怎么看都觉得那一堆谷草叫他难过，竖着耳朵听那风吹谷草的声音，单薄苦寒的日子，听那声音都觉得富贵。可那揪肠挂肚的黑影不是他霍长驴的，同村人拥肩靠膀，他黄财主就发了。他黄财主有的霍长驴都有，穿衣比黄财主费布，穿鞋比黄财主费鞋，个子比黄财主大，身子比黄财主宽，人不少黄财主的稳重。四外的风热了他也知道脱衣，也知道和鸡了狗了的去树下纳凉，可为啥钱财偏不爱戴他呢？话没说完，粮没借上，两扇门一合严丝合缝，孤零零把他竖在了门外。软琴回家又要数落自己，事世难料定，这能说算个结局？那谷草开始扎眼，扎得霍长驴眼睛生疼，想流泪。立住后，心里就生出了一个坏主意，那主意支愣愣在眼前吊着，已经叫他身不由己了。

软琴在院墙上看街道，其实看什么都是黑，应该说是静听脚步声。院墙边立得久了腿有些酸软，扭身走进了茅厕。湫隘黑暗中软琴提了尿桶走出来，再看村街那条路，总是听不见伸过来的脚步响。李满堂说："他可借得上粮食？"软琴说："借不上。"李满堂奇怪了，既然借不上叫他去做啥？李满堂不解。软琴说："光知道下力气的人得空就该叫他动动脑子去。"这事不经意间就把李满堂绊得打了个趔趄，都说庄稼人简单，可他摸不住简单的脉。他有些失落地坐在屋檐下，风刮得屋檐往下掉土，不知道是喜悦还是悲苦。拖着一条病腿心态无比复杂地看着软琴，对这家，希望的苛刻程度早已超过了失望。

突然的听到了脚步声，那声音争先恐后而来，他希望失望不要来得太快。虽然失望凭怎的拦也拦不住，可那脚步声让他手忙脚乱了。他立起来逃避，与迎面过来的霍长驴撞了个满怀。跑进院子里霍长驴抱住较小的李满堂像猫儿假寐一样眯着眼看。霍长驴小声说："粮没有借上可我烧了他的场。"

身后不远处红光一片，谷草抓住了风的势头，冲天而起。热闹声一时糊了软琴的脑子，半天忽然清醒，手里的尿桶递给霍长驴，叫他赶快往场上跑，去黄财主跟前，叫黄财主看见你脸上的急迫，还有你手里的尿桶。

霍长驴挤在往前涌动的人群里，许多人紧赶慢赶走，听不清周围的人在说什么话。走到场上，看到火苗下被火映红脸的黄财主，黑罩衣深锁着的冷峻让霍长驴一直以来望而生畏。周围的人都在吵，他不吵，一脸黑。霍长驴在心里攒着劲装着蒜，没事一样立到黄财主的对面，尿桶很显眼地放在明亮处的脚下。谷草燃爆的草灰蜜蜂一样乱飞。黄财主不看霍长驴，扭转身挑着灯笼走了。霍长驴突然觉得自己的胆量很有限，如果没有软琴指点，单独做事一定要和体力挂钩，黄财主一走，他手心里的茧子开始痒，想去提几桶水扑灭这火，他天生是来世间受苦累的，心肠生不得半点疑病，一生疑病就想被人奴役。霍长驴中魔怔了，他摸黑到河里提水。站在河边长长的条石上，脚旁河水中突显出一轮月明，桶探进去时，月明碎了，碎成无数条小鱼，鱼儿像黄财主白他的眼睛，也不像，更像软琴埋怨的眼神。踏着月光提水泼在场上，水泛滥得满地流淌，淹没了谷草最后的火苗。黑了。白日也黑了。村里的人觉得霍长驴怪好心眼的，有人就去给黄财主报信，霍长驴在黄财主的心里生了几分温暖。最后的青烟缭绕着霍长驴的状态、情绪和行动，更为难过的是，一切难过都走在他的脸前头了，难的是山重水复的绵绵无期。

霍长驴回屋后，看着软琴笑，看着李满堂笑，觉得不是霍长驴了，是个真我。

天黑实时已经到了后半夜，他夫妻俩睡在李满堂对面的炕上，清醒过来的李满堂突然叫霍长驴不舒服，落空空的屋子里，留下个陌生人，好端端的打破了往常的日子，长久不得啊。

对面炕的李满堂说：

“给你们添事了，可这事非添不可。”

李满堂怕这一睡，接下来的一天里霍长驴又会弄下啥事情来，人昏迷着万事皆安，眼一睁，事就要来生了。

软琴说：“上门你是客。”

霍长驴：“是哩，上门不欺客。”

被窝里软琴踹了霍长驴一下，霍长驴拽住软琴的脚在她脚心里挖抓了一把。

李满堂脸冲着深蓝暗影的窗户，窗外有什么东西爬行抓挠。

“除了黄财主之外，村上还有财主？”

霍长驴说：“村小庙小没那么多老爷。”

软琴说：“就是。就黄家有粮。”

这下轮到霍长驴下手了，脚长到软琴的奶子上，就那么揉扒了一下，软琴在黑暗中神怡气舒地笑了。

李满堂脑海里过度激烈的矛盾斗争被这笑吓着了，不知道接下来的一天如何招架那扑面而来的光阴。

李满堂说：“可以给他光洋，可惜的是我手边没有，我来打借条，一担谷子两个光洋。”

霍长驴被激得坐起来，这下子软琴重重地踹了他一下。

软琴说：“要是有光洋哪用和人说好话。”

李满堂说：“我可以打借条，我总归是要来还的。”

霍长驴说：“横七竖八写几个字，就能借到粮？黄财主是人可不是蚊子。”

“啪！”软琴给了霍长驴一个巴掌。“总算把你打死了，再叫你在我耳根前嗡嗡。”

霍长驴躺下了，接着就进入了死猪的混沌无知中。

三

最先起床的是霍长驴，他端了碗水在院子里磨镰。“呲呲呲”声音啃齿李满堂的情绪。磨镰的霍长驴，脊背上耸起了力的隆包，他用拇指刮了刮刃，肘下一夹准备出门了。

黄财主家长工根宝推开柴门说：“霍长驴，黄财主喊你去。”

这个时辰最活跃的是狗，黄财主家的狗在大门直着蹄脚，分明闻着了生人味道，嘴里呼着声，霍长驴立下不动了。黄财主打开门，一股气势就出来了，狗的后腿一夹尾巴，整个身子都摇摆开。

黄财主一条腿把着门，手里捧着一只比头还大的碗，碗里盛着玉面黄疙瘩，碗上横担着一根盐萝卜，喝一口汤，吃一口疙瘩，咬一口萝卜：“你一身力，闲着可惜了，夜黑的事我看出你长了一副软心肠。隔岸皇军修碉堡，少劳力，你去，现在就去，管三餐饭，一天一个光洋。”

霍长驴惊讶得张开嘴。

黄财主说：“现在就跟了根宝走哇。”

霍长驴说：“我得回家和软琴道别一声，好事，老爷，这是天大的好事。”

黄财主一边合门一边说：“天生贱骨头，穷日子也没能熬败你贪老婆的性子。”

霍长驴还想说话，瞅见黄家的狗脑瓜上聚起一个疙瘩，耳朵直着，眼睛里要往出喷火，他把多余的话咽下走开了。

霍长驴拽了软琴飞速进了茅厕，霍长驴和软琴干骑在茅梁上，霍长驴和软琴说道开了。软琴听了霍长驴说下的事，软琴不打底稿说：“买卖要做成生意了。拿光洋低价买黄财主的粮食，高价卖给李满堂。这中间弄好了赚一半，空手套狼，从现在起每天喝稀，省下钱咱就能置地了。”

霍长驴简直忍受不住软琴，在他眼里软琴没有毛病。热爱和喜欢一下孪生于胸，下嘴片扯起来吹了一声口哨，立起身出了茅厕拽着根宝就走。软琴呼地蹿出来，跑过去跳起来拽走了霍长驴头上的手巾。“你可不敢在那歪塔下走啊!”

日本人修炮楼，炮楼修得像做绣花枕头一样，把石块砌得四棱见线。台阶有一百个上下，修炮楼的民工从平地上搬石头，背泥包。霍长驴不怕出力，只要有一口饭吃，一步迈出来能踩一百斤重的力。

日本人脸上笑眯眯看民工们上下穿梭，有时候也打瞌睡，民工们大气都不敢出。天黑得晚，日本人在账桌前算账，中指别着一支水笔，每个人背几趟他清楚得很。要发光洋了，突然又来了个日本人，看着民工们笑了，那笑喜形儿也冒着坏坏的意思。两个日本兵开始为什么事打赌，两个人掏口袋，“噗嗤噗嗤”的光洋掉在地上。接着一个日本人从第十个台阶上往上放光洋，一个一个一个，放到最顶端，光洋不亮，眼睛不好使唤的有些距离还看不见。霍长驴看得见，眼睛好使唤，眼下他正缺光洋呢。民工都不动，霍长驴急急上前了一步，俗话说，急着挨刀子投胎呢。本来个子就高，往前一步，例外地高出民工们半截。日本兵穿着马靴嗒嗒嗒地走下来，不看旁的人就盯着霍长驴看。霍长驴被看得不好受了，脸别过看远处。这地方看法兴寺的歪塔，从半天空传递下来天明，把歪塔的琉璃、瓦脊，托塔武士和直竖的避雷铁针都覆盖了。那个塔立了多少年，该是什么都经历了，为啥最后倒时还要捎带一个戴帽的？捎带一个日本人好了。

“你！”

两根指头夹着一个光洋的手指着霍长驴。

“我！”

“你背着二百斤重的泥往上走，第十阶上有光洋，拣一个是你的，拣两个是你的，拣到最后都是你的。”

喜上眉梢的大幸福来了。一天干下来人累得骨软腿酸，一说光洋，三个不怕一个揍的蛮劲就来了。

那边厢伙夫抬着一口铁锅走来，民工们眼睛齐刷刷看那口锅，表情简直算得上肃穆。伙夫吹了一声哨子，民工们的喉结吃力而兴奋地跳动不止，付出了一下午的劳动，下午时长，肚子都饥过了。

“你的，要肚子，还是要光洋？”

霍长驴思想斗争开了。吃饭后生力气，但是，吃饱饭力气也容易发懒。他决定一鼓作气。

所有人都看霍长驴，给他空开一个圈，使他更形突出。有民工牵来一头二百斤重的驴，有人把驴蹄捆结实了，搁在霍长驴背上，也不算重，他的腰还上下闪了几闪。一双粗大毛糙的手越过肩膀拽着驴蹄。第十个台阶上，霍长驴弯腰捡起一个光洋装进了口袋，手抖了一下，是下意识激动。他想起黄财主说过的话：任何一种高兴都应该有所节制，否则就会叫人瞧不起，叫世间多生仇恨。二十个台阶上去后，他觉得口袋沉了，他停留一下喘了口气，他想着，一百个台阶少了，再要多出一百该多好。有一只鸟从头顶上飞过，鸟把黑扯了过来，鸟屎吧嗒掉在了驴头上，驴扭捏了一下，鸟也来凑热闹。鸟飞过地面上阴了几分。他想到，我每拣一块光洋，那些人心里都难过一回，可惜你们没那力气，也没我往前走一步的胆量！走上四十个台阶了，分明是光洋的诱惑在隆聚，他抬不直头，那蜿蜒而来的坡度一直排列在他脚前，胯骨头开始酸痛，胸口发闷，吁一口气，鸟的声音传入他的耳孔时显得尖锐。什么都不敢想，什么都不能想了，想是要消耗力气的。走！第六十个台阶了，出力太多，身子乏软，四肢僵硬，汗流如雨。他想到了软琴，拣一个光洋，眼皮翻一下白，软琴，你骂我一声我再拣一块。台阶下的人听见霍长驴喘得惊心动魄，身体不再是上下起伏了，立着还夹杂着瑟瑟发抖。走到第七十个台阶时，有人喊："霍长驴，你妈逼该收手了，你布袋里装了六十块光洋！"眼红首先是从中国人开始的。这时他想到了李满堂，不赚李满堂的钱，交代不了布袋里的光洋。憋足劲上，再上一个！哪知抬脚时血往上涌，弯腰时努力喊了一声"软琴"，一口血喷了出来人趴下了，一只手不忘举过头顶挖抓那块光洋，哪知两只眼睛啥都看不清楚了。霍长驴感到了无助和绝望，会死去吗？胃开始一弓一弓往上涌，眩晕使他很难立起来，他睁开眼睛时什么也看不见，身体开始萎了，这一横生的变故不是他想要的，他的力气可以证明他能扛起一头驴。

民工们没有蜂拥而上，他们觉得霍长驴发痛了，谁给了他本事拿走这么多光洋？有人迫切希望日本人搜走他布袋里的光洋才好。看两个日本兵，两张脸上不怀好意的笑，同时也怯住了那些想上去的人。血顺着台阶流下来，空旷的台阶上，阴暗处血是黑色的。

“吆西，赶快抬走!”

根宝喊了两个人跑上去，三个人抬下霍长驴，不知哪个找来一块拆下来的门板，四个人压腰叠肚把霍长驴抬回了谷堆坪。

软琴吓得心都要跳出来。眼巴巴看着七窍流血的霍长驴，颤栗、喘息，然后是眼泪大把大把落下来。俯身望着日以继夜相伴的男人，她的手在他脸上一遍遍抚摸，想把心里生动的温存刻进他的骨头里。霍长驴的脸上没有一点血色，出气微弱。血水吐了一脸盆，红瓦瓦的血，看着那血伤心一来就没法控制了，软琴的哭声几欲气绝。为躲避来人藏在柴棚下的李满堂，也被这莫名其妙的悲痛击倒了。等人都走光了，他走进屋子看着炕上的霍长驴，他是一点奈何都没有了。软琴脱霍长驴的衣服时，布袋里六十个光洋出溜到了炕上。她已经从来人的嘴里知道了一切，面对这么多光洋时她还是像叫人打蒙了一样，不堪重负地摇晃了一下，跌坐在了地上。

李满堂面对炕上的光洋，不知道该看还是不该看，它是用一个人一生的力气换来的。这个人昏死在炕上。他对自己的未来不可预测，生存之路，万里迢迢，走下去才是尽头，他不能留到这个家里了，他欠下的债不能用光洋来兑算。如果不走会给这个无辜的家带来更大的灾难。他决定走之前抚摸着霍长驴的头，有些激动，这一辈子，这个家救了他的命，命只能有一次。门开时夜晚的月明把一层微弱的白光涂在他们脚前，苍蝇过来过去地飞，腿脚的影子折在脚地和炕墙处，如身后日子的断垣残壁。软琴的哭声穿过微弱的夜幕，撞在霍长驴的耳孔里，那声音撞得他几近死亡。

软琴拽住李满堂说："你往哪去？"

朦胧的夜色中，李满堂说："假如我活在世上，我会来谷堆坪看你们。我走之后，你赶快去请郎中，他的身体不能拖延，他是这个家的顶梁柱。"

软琴说："你把光洋拿走吧，钱是开路先锋。眼下路死野地的人到处都是，你腿脚不利索，伤口一直不好，出门也难活下来。"软琴对外面的世界不知，她记事起世道就不安稳。她出生在山后叫枣岭的坡地上，不被外人知道，从岭头上嫁到谷堆坪，村子不大三十来户人，可比枣岭大，她认为这一生享大福了。一个女人的福气就是嫁一个长满力气的男人。李满堂这几天给她讲外面的世界，她虽然不明白，但是肯定有个道理在里边藏着。风刮起来，西天边上有半个月牙照着。软琴想，不拿光洋就不拿吧，他去哪里都能活下来，他是有本事的人。

炕上的霍长驴差一时就要说话了，"啊——拿——"话说完眼睛睁开了，像两个枣子一样血红。软琴俯过来，"你醒了，我说不叫你从那歪塔下走，你不听，我就怕你活不过来，丢下我在霍家守寡，寡妇门前是非多，我还能活成个人！你可看得见对面的人？"霍长驴使着劲摇摇头。想抬手指什么，他是连二两力气都没有了。再问默声了。软琴喂了他两口水，他的脸像烟薰了一样蜡黄。

软琴从灶火旁的柴堆里掏出那六十一块光洋，用烂布包好，麻绳缠了又缠，沉得坠手。软琴很慎重地立到李满堂跟前。“他方才想说话，就是叫你拿走。眼下秋粮下来了，黄财主家有粮食，你拿光洋去买。我原想着一担谷子两个光洋，想赚下你的钱买地。人不能有歪心，天爷要报应，这就是现世报啊。你拿着去买粮食，河那边的兄弟们嘴多，用你的话说，嘴不多养不成队伍。我长这么大没见过光洋是个啥东西，见着了满足了焦渴，够了。咱不走夜路，天亮前出门，黄财主五更天就要下地，出门往南走，见人打听着，管保你能找着他。”

李满堂说：“大哥都这样了，我再拿走用命换来的光洋，我还是人？我不拿，出门总归有活路。拿钱给大哥治病，钱是好东西啊，买得来世上一切。”

软琴不高兴了。“霍家的命不够重量，见钱，人就败落了。你要记着这家人的好，你就拿着！”

看软琴的意思不拿是不可能了，一定要拿就得打个借条，空口无凭，见字为证。软琴找来一张糊窗纸，用刀裁下书页大，满屋找不到墨，软琴想到了锅黑，拿刀刮下一些添了水，凑乎着拿筷子削了一支笔要李满堂写。

李满堂在纸上写下：

今有武工队队长李满堂借下谷堆坪村村民霍长驴光洋六十个，用于给武工队队员买及时口粮，今后只要是武工队队员路过此地见此纸条一定要善待霍长驴一家人。三个月后一定送还光洋。

立此借据人：武工队长李满堂

民国二十六年农历八月初一

李满堂咬破手指按下血印，说："我现在就叫你嫂子吧。嫂子，你和大哥的好李满堂记下了，今生无以为报，容留日后报答大哥恩情！夜黑好行事，兄弟我连夜告辞了！"

没入夜色中的李满堂给软琴空留一屋子梦想。风吹着院子外面的杨树，杨叶匍匐在整个村子的上空，风把不能继续向前的一切推涌着，该生长的生长，该败落的败落。风让自家的日子无辜被挤出了一件事，她不明白为什么这件事放在了自己身上，好好的一个汉子像一个土堆一样叫这件事给削平了。一张她读不出字的纸条，三个月后他来时已是冬天，冬天买下地正是施肥的季节。冬天他会来还钱吗？这张纸条莫名其妙地换走了她的光洋，可村子里的人谁会知道背后的交易呢？

四

三个月的等待于软琴是长夜难眠，霍长驴拄着拐杖能下地了，腰脊处弓得像马鞍，他的眼睛什么也看不见，手摸索着门走到院子里。他很不适应当下的黑。第一场雪下时，他坐在门墩上看天空，风灌满了他的裤管，霍长驴明显感觉到身体在变化，形体日渐变得空洞，身体出现了颤抖，眼睛什么都看不见时，心难受来了也会流泪。耳力也不如从前了。回忆使他感觉到自己短暂的俯拾充满了荣耀，偶尔笑一下，很短促的笑看上去很狼狈。

他和软琴说："李满堂说过了三个月后来还债？"

"谁说不是。"

"三个月过了呀。"

软琴说："等等吧，出门人会碰上坎坷，总归要来。"

夜静的时候，霍长驴困倦袭来，抽一袋旱烟，想用这种方式提神，抽着抽着觉得夜太静了，该有后代了，就想把夜弄出一些动静来，可他发现家伙不能使唤了。他搂着软琴绵软的身体说："我怕不能给你施肥了，我要是一辈子不能施肥，你不能生养咱老来咋办？"软琴说："你瞎扯，你是把力气用尽了，等还回咱的光洋我买精米细面养你。那不是啥好事，我能一辈子都不想叫你施肥，要不是为了生个娃。""你不是瞎说哩么，哪有不想的道理，是个人都长了多个想要的窟窿。"两个人不再说话，夜越发静了，窗棱上有月明射进来，一只蝙蝠笨拙地吊在窗眉上，偶尔轻轻地晃动一下，或许是因为冷。软琴也看到了蝙蝠，小时候娘说，蝙蝠是由老鼠变成的，因为老鼠偷吃了盐，它的身体里便生出了一对翅膀。夜行夜归，无来由的想到了李满堂，他和蝙蝠一样，会在某个夜晚回到这里，她坚信他活着。身体中逝去的时光略略沉重，这一夜，软琴梦见自己长了一对蝙蝠的翅膀，借助飞翔的特殊功能，她飞呀飞，飞到对岸，看见歪塔下走过一个戴帽的人，她急忙俯冲而下伸出手去，她喊了一声"李满堂"，一下子那个身影碎了。惊得她出了一身汗，醒来时看窗眉上，那只蝙蝠还吊着。不可名状的难过一下袭来，伸手抚摸了一下霍长驴，人睡得实，由不得又摸了一下他的裆，施肥的家伙软塌塌的。

村里的人知道霍长驴发了，却不见他的日子有啥起色。走过路过，人眼睛里就长了无数根针。软琴心里难过得想哭，有话说不得。走上山脑，草丛静悄悄的，没有烈日下的鼓噪。几只体格很大的蚂蚱跳过草尖，一只麻雀无声地飞进了微亮的晨光。河对岸的那座歪塔依然耸立着，谁是那个戴帽的人呢？李满堂的脸似乎已经模糊了。她想哭，哭就哭吧。泪哗哗儿下来了。联想到从今以后残缺不全的日子，她的哭嘹亮了起来。哭到痛处，心抖着能把肠子抖擞散了。山坡下一个人影走上来，软琴突然悟得了，任何一种感情都得有所节制，否则就会叫人耻笑，叫人瞧不起。那个上山的人是软琴爹，翻山来和软琴借光洋来了，她弟弟要娶妻，想置二亩地。软琴不能平静。说不得的苦。软琴告诉爹，世上的事跟穷人是有距离的，不该得的东西转手就失了。这句话竟然惹怒了爹，随手就拍过来一巴掌。软琴跌坐在地里，爹的眼睛不依不饶地盯着软琴，那眼睛里没有一丝做爹的仁慈和疼爱。爹说：“我的耳朵听到你说出这样的话我感到害躁。你和你弟弟一奶养大，抓屎抓尿指望你长大了有个帮衬，哪想光洋糊了你的心，老天爷是睁了眼啊，活该叫霍长驴得了光洋瞎了眼！”

爹说的话和仇家说的话一样。霍长驴是赶庙会押宝，中了红彩了，可他福薄，福薄之人命穷，得了便宜守不住叫人取走了，说啥话你也不信，饱一天饿一天日子还不如从前。

“啪”一声，一个巴掌甩过来，“胳膊腿往外拐的东西，早知道你长了一颗武艺人的心肠，打小就不该叫你活成人！”

爹抬腿，嚯哒、嚯哒走了，灰尘从脚后跟扬起来，悬浮着糊了软琴的眼，软琴僵着脸像封冻的泥，俯身在地里，抓一把土在手心里搓，把土搓碎了，放进嘴里嚼，地长出了粮食，长出了双亲，长出了身体，长出的欲望刀子一样割人。爹走后，太阳升高了，昆虫开始鼓噪，一浪一浪跌宕起伏。软琴不哭了，满嘴嚼那泥腥臭。

根宝拦在软琴下地回家的路口。“你家的玉茭给我几个吧？有那多的光洋下不出儿，不会花给我。”

不等秋下来，借米借面的开始上门了。软琴说，是不是做了一个梦？霍长驴在寒凉的秋风里，流着稀稀的鼻涕，神情木然，努力睁开眼想照见什么，却是什么也照不见。接着操起门前的扁担抡下呼呼的风声，跌落在地上的响干瘪而实闷。软琴抱住霍长驴的后腰，“你也是想好来呀，想好不得好，还得往下走啊，好死不如赖活，睁着眼总还有个盼头。”

软琴哥哥来找软琴借钱，也是为了弟弟娶亲。软琴在炕头上转着纺锤，好像把有过光洋的事忘了。软琴说：“我要有光洋，我舍得叫霍长驴瞎在世上不给他照病。我得了光洋的事，是霍长驴一生里一个笑话。我欠下弟弟情份，就当我是娘家的一个白眼狼。”得光洋的事，软琴永都不敢往深里想。哥哥指着软琴的鼻子开始骂：“你哪是吃奶水长大的，我看你是吃屎尿长大的。人都有心肠，你的心肠叫狼挖了，你一肚坏水，怪不得你不生养，老天爷活该叫你霍家断子绝孙！”

霍长驴看不见来人，抡着杨木拐杖，寻着人声打过去。软琴不生气，跳下炕往灶间里填把柴草，烟雾一团一团从她身边飘过，她连风都不去扇一下。烟雾锁住了屋子，锁住了远方。她要给娘家哥哥做碗面吃，哪有上门不吃饭的亲人。哥哥摔下门留下一口唾沫走了。

霍长驴立在地上说：“软琴，我死了你嫁人，趁着能生养你也做回娘。”

软琴头也不抬地说：“如果你死了，这个世上能叫我活下去的人，除了你，也就剩那张借据了。我对那借据不抱希望，那个走夜的人生死未卜。我想好了，人活在世上不能怨天也不能怨地，咱命不该见财，不是你的，得了就是场灾难，天生是瞎子的人都知道在世上活得要出人头地，你是睁眼瞎，你想好了，也去跟人学说书，学拉胡胡二把，只要能活下来咱不去怨那从前。”

霍长驴“嘤嘤”地开始哭。面对岁月怎能不出点声，发泄丧失的痛苦呢。软琴舀出一马瓢开水倒在旁边的脸盆里，那里面放着榆树皮渣，她往锅里下了面糊，用木勺搅动，等火候小下来时，面糊精到得搅起来都显吃力。软琴用面糊和榆皮柔和在一起罩住脸盆的底子一下一下轻轻捶打，捶打瓷实了晒到日头下。软琴望着远处，旷野上的风，山岭上的云，不见那个她熟悉的身影。世上的好事总是跟人有一段距离。一个人会老，而一个不如人的东西却不会老，就算是老了也要比一个人衰老得慢得多。她回屋里从炕上的席片下取出那张借据，因了冬天烧炕，纸张有些发黄了，可不是么，身子调调转转就三年了。

干透的榆树皮做下的针线簸箩轻轻一磕了下来。软琴从街上捡来一些宣传解放的传单糊住针线簸箩上那些发红的榆树皮。糊好的针线簸箩花花绿绿的煞是好看。软琴迟疑了一下，掀起席片取出那张借据糊了面糊贴进了针线簸箩中央。做这些时候，软琴的心情就像岁月流过对面的缓坡，从容而满含柔情。

1946年冬天，谷堆坪村遭了响马打劫，响马来时，黄财主家的狗叫得满街道人心恐慌。黑漆漆的夜，一些穷人家的小孩子早早的把头钻到破被下不敢出声。有些胆大的后生躲在茅厕偷着等看响马的样子。知道响马要来，目标肯定是黄财主家。只见提了鬼头大刀的响马，刀抄在手中直奔黄财主家的院子而去。不到半个时辰，有人看见响马从黄财主家的院子里牵着一头大黑驴出来了，驴脊一左一右有一个褡裢，沉沉的，走起路来偶尔颠一下，能听到响，有人猜是光洋。响马来谷堆坪，看似来抢劫，走时倒像似和黄财主联上了亲戚。不知为什么，响马走到村口又返了回来。走到霍长驴的屋子跟前停下了。往常，响马是不抢老百姓的，穷人的日子，耗子的尾巴，能有多少血水。田无一垄地无一顷，可偏偏听说霍长驴和日本人打赌赚了光洋，他们来也是想见识一下霍长驴这个人。英雄见英雄么，算是路过拜个兄弟。哪知见了霍长驴才发现是个瞎子。软琴吓得躲在墙脚下不吭声，霍长驴装大，愤怒地呵斥响马，说自己有武工队的人做后盾。不听这话还罢了，听下这话，其中一个响马吹了声口哨，翻箱倒柜抖落了个底朝天，半个光洋都没有找见。审问了半天，折腾到天亮才知道光洋叫武工队的人借走了。响马很纳闷，穷成这样子还把到手的东西借走？又纳闷了一会儿，再吹一声口哨，人马风一样旋走了。

响马走后，软琴立在大门口恶声恶语的骂了几天。谷堆坪人想着，软琴骂响马，是霍长驴赢下的光洋叫响马裹走了。这样好哇，对他的嫉恨似乎又淡了些，甚至多了几分同情。

霍长驴开始学拉胡胡二把，学得吃力，他天生是下力气的人，岁月抽走了他的力气，他学得难过而悲伤。一段时间后也有点意思了，脚面上拴着一副鼓板，一边拉一边敲，睁着一双失明的眼睛，疙瘩布衣掩不住嶙峋的瘦骨。旋走声起，软琴听着好听。听着听着软琴笑了。霍长驴问：“你笑什么哩了么？”软琴说：“你要不是落了难哪里会学这等细活。人呐，不说天生是一块什么料，丢了的总会给你补偿。”霍长驴停下胡胡二把声说：“人穷志短。活不下去了才能逼出一条路来。”

一个“逼”字让软琴流泪了。她再都不去想那张借据了，天下热闹而多情，那情字无端走来一回，就让自家日子出现了变故。世上的事毫无道理可讲的要多。软琴要霍长驴给自己说段书，她想听听书里故事是怎么往后延续的。

霍长驴坐在板凳上，举着胡胡二把先是来回扯了一下，试了一下弦，那沉重、苦涩、哀婉、悲恸的乐声就袭来了。过门有些长了，软琴不忍心打断。那可是自己嫁他时的霍长驴，那时候的日子清贫不绝望啊。他那一翻一翻的眼睛，无神了，身子抽得弯下来和他的瞎子师傅越来越像了。软琴的心胸任由那曲调揉揉，有什么触手可及的东西，又有些陌生却又似曾相识的底色铺排着。

老少爷们大娘嫂子姐——
国正天心顺
官清民自安
妻和夫祸少
子孝父心宽
听我给你说一段，说一段二十四节气不简单。
正月里当然得过年，
二月里是惊蛰。
三月小满是春耕，
四月立夏是小满。
五月初六是芒种。
六月里小麦上场，
七月白露躲大暑，
八月寒露是中秋。
九月霜降封棉袄，
十月立冬送寒衣，
寒冬腊月扫旧气。
做人就得懂节气，
不懂节气坟地选不来好脉气啊。

一个恍如隔世的人。一阵小风从南墙根上吹过来，月光明晃晃地吊在门框上，漫天的星光正在自家的窗户上闪烁。软琴拉起霍长驴的手轻轻放在自己的心口上，那手重重的热热的，很是厚实。软琴看到霍长驴仰着个脸傻傻的笑，软琴心里酸酸的。你学得了这一手，咱就算出门讨饭也不发愁了。软琴脸上也展开了像开花馍馍一样的笑，霍长驴放下家伙，抱起软琴走到炕前，两个人倒在炕上说话，说啥说到兴头上两个人团成了蛋笑，笑得烂席片都呲呲的难过了。

五

似乎是一夜之间的事情，贫穷翻了身，黄财主叫人斗争了，田地和家产也叫人都分走了。

该划分成分时，有人提出霍长驴是富农。一般家庭哪个见过光洋，霍长驴拿过日本人的光洋，六十块光洋，那时可买得六十担米，那是五亩地的收成，民工亲眼见霍长驴装回了自己的家，现在活着的人里能够证明霍长驴的人是根宝。根宝说：我长这么大，见过最大一堆光洋就装在霍长驴的布袋里。

软琴想，自己咋也不该成分高。听说要给自己定富农成分，先是一怔，定定神说，苍天对我真是太好了。她搬了长凳子坐到农会，也就是黄财主的院子里不走。讨说法。院子里坐着黄财主的老婆们，一排排仨，八个子女，等待分配。霍长驴就软琴，无子女。家有三斗粮不忘填妻房，六十块光洋走世界去了，霍长驴房无一间地无一垄。软琴不惧，坐得实实在在。她是第一次见黄财主家的女眷，也都长得慈眉善目。只见那手白白胖胖，无辜地搭在膝盖上，还照得见指窝窝。日头把她们的脸照得红头花色，她们偶尔的四下张望一下，那睁大的眼睛仿佛被梦惊吓醒似的，急急的又都低下了头。软琴看到自己的手背麻刺刺的，手指也发糙。没有粗活细活长期磨炼，断然成不了这个样子。人家汉子是地主，分配个高成分还说得过去，有来历也长了那本事。霍长驴一个瞎子，不说那往事还罢，说那往事，眼睛一闭死的心都有。

软琴开始讨说法。亮瓦晴天，没墙没盖，她扯开了嗓子喊：你们心肠热啊，给霍长驴弄个富农帽子。不说那光洋还好，说起来从前你们可知霍长驴肩膀压了千金担。都知道他得了光洋，瞎了眼，富得流油了，惹得娘家人不上门了。可知那光洋旋风一样没有了啊。你们可记得那时的霍长驴，身板直溜，额高面长，悬胆鼻子。就因为那光洋，你们可知那挑事的人叫李满堂，他是打河里从对岸游过来的，他身上有股天不怕地不怕的狠劲。古语说，狼里头最狠的是绵狼，剑里头最快的是舌剑。马靠笼头拴，人靠武力管。他满嘴大道理，活活是靠一张嘴买走了我家那口子的心。信不信不由你们，反正和日本人打赌赢下的钱，都叫给了他，一夜之间那光洋长了腿脚叫他牵走了。我落下一张借条，他说不几天要来还，不几年都过来了，风一样不见消息。我等他还光洋来呀，等得来一个富农帽子，一辈子没有寸亩田地，你们好心肠的要给戴一顶富农帽子！你们可看得见霍长驴的模样，当年的壮汉落得说书人下场，我不怨你们，可这帽子霍长驴脖子没那功劳戴不动哇！

那个叫李满堂的人，可是省上那个大领导？农会的人不信她的话，说书人家喜欢编故事，可他们忽略了霍长驴为啥子要学说书？当年的软琴也生得桃红花色弯眉杏眼，这日子熬得她黄皮寡瘦青筋暴突，除了长得一张满嘴跑舌头的好嘴，这日子过的要啥没有啥。如果真是家里藏有光洋，他们家现在还住着半间黑湿的土屋？除过最简陋的日用家具，整个屋内别无长物。干部们怕有啥闪失一定要软琴拿那借条来。

软琴取来针线簸箩要所有人看，周正地贴在针线簸箩当央的借条，于花花绿绿的宣传标语中间显得肃穆。谁也不能确定那个借条是真是假，最后“李满堂”三字镇住了他们。这事比较棘手，不好落实，至上而下好说，至下而上是要犯规矩的。理智告诉谷堆坪的农会，软琴没有胆量编造如此惊人的假新闻，借条的可靠来源一定是一个和省上那个大领导一样名字的人写下的，不敢认可为事实，也不敢不认可为是事实。毕竟武工队是共产党领导的队伍。这也是共产党的天下。农会要求把针线簸箩留下，人可以离开，等所有的都落实清楚了再返还针线簸箩。软琴脑子反应快，拿走的光洋都没有见还回来，再把借条拿走，曾经有过的不就是一场梦么。要人出人，人在针线簸箩在，软琴坚持。

初冬日头照着黄财主院子里的假山和石阶，这些霸占去了黄财主家半壁院子，黄财主的家眷们曾经在这样的院子里嬉笑逗耍，花红柳绿的季节，喧笑与穿梭的俏影该是多么魅人。如今，软琴和她们站在一个队伍里，消受不起这般富贵。软琴心有几分寒凉，以往最怕冬天来临，眼下，冬天来得好，冬天利索有劲，北风碰上山的肌肤就卷刃了。好哇，穷人该扬眉吐气了。看那些财主们的家眷过冬，分了他们的家产，分了他们的浮财，人就失了鲜活，那从头到脚嫩生生的人儿怎么往下活人。世道给勤快的下苦人好生生掉下了大馅饼。有人嚷嚷着说黄财主小老婆要叫根宝娶走了，世道唤醒了根宝身体里的安睡，也唤醒了他心里的那个甜头儿。根宝翻身了。听说根宝在自家的箱盖里敬供了一张共产党的牌位，初一十五燃着供香，根宝命好。就怕惊悲和欢喜不经耐活，根宝要好好守着了。

农会商量结果决定霍长驴取着针线簸箩和他们一起进县城，霍长驴是当事人。因霍长驴是瞎子，软琴是女人不可抛头露面，也不放心霍长驴自己带了针线簸箩进城，思来想去由了根宝陪着霍长驴。软琴回过头，看了一眼黄财主家的院子，一棵槐树，一棵柳树，干黄的叶子落下来，地上的蔓草卷曲了，见根宝撂翘着腿走近黄财主的小老婆，往她怀里扔了个什么东西，旁边的很不屑地掉转了一下屁股，黄财主的小老婆也忸怩了一下。往日，根宝见人弯腰哈头的样子突然的生楞硬倔了，居然梗着脖子训斥了黄财主家里人几句。根宝如今是鸟枪换炮了。软琴想，选根宝是选对了。黄财主一家人拢在一起的缘分就这样散了，三十年河东，三十年河西。钱财不是啥好东西，看到的这些都显现了财富最后的败像。

根宝唤霍长驴走时，软琴发现根宝走路的样子都变了，以前走路脚尖吃劲，人往前倾，现在是脚后跟吃劲了，肚子都有些挺。软琴安顿霍长驴，一定不能离开针线簸箩，那是穷人家的富贵命。

西北风裹着黄沙卷着干黄的树叶，两个人一路上走不快，三天后才进了县城。县里的领导见着了针线簸箩也说不清楚白面馍还是米面馍，总归涉及领导的名字得谨慎行事。既然这个名字和上边领导的名字是一样的，意思清楚不过了，谷堆坪再选一个富农了结了这桩事。霍长驴听说李满堂还活着，好啊，把我闪下，忘到脑门后，讨吃要饭我也要找他理论去。

根宝拉开架势说："世上叫根宝的人多不多？"

霍长驴翻着白眼应道："多。"

根宝挥着手说："知道叫根宝的人多，不是所有叫根宝的人都能讨上地主家的小老婆，对不？"

霍长驴疑惑了："这和讨财主家的小老婆有啥关系？"

根宝两手在空中挥舞着："叫根宝的人命不都一样，我是命好之人。你那个李满堂不一定是省上那个李领导，人家说了姑且背后有这么一回事，定你高成分的事就算了。你还不赶紧见好就收。"

长驴想不好，定成分的事算是一个了结，那借条的事呢？软琴没来，软琴能应下根宝的话。这事本来就不应该，什么叫"算了"？

两个人往回走。黄风从天尽头刮过来，把天地刮得浑浑噩噩，走到天黑时不见黄昏，刮得耳朵眼鼻孔头发茬都是细如粉末的尘土，走路时眼皮都抬不动。走进一个村子里两人决定住下。恰好这村子里也有一个说书人，同行相见分外亲。霍长驴拿过人家的胡胡二把嘴开始就痒了。以前说过的老书不能说，新社会说新书。村里人听说来了个说书人，都来看热闹，屋里屋外里三层外三层，娃娃叽哇乱叫在人腿下挤进挤出。不知谁搬来两张八仙椅要两个说书人一起坐，两个人一人一段开场了。

霍长驴拍打干净身上的土灰，净面净手，坐下时拉了一段胡胡二把，清了清嗓子先说一段帽儿：

马有催缰义狗有恋主情——
众人是杆秤斤两自分明——
节气不等苗岁月不扰人——
香花引蜂来臭味招苍蝇——
铁生锈则烂人生妒则败——
自重人才重人轻是己轻——
哪呀咳呼咳——
天不言气高地不言土厚啊，
吃掉你世间多少人咿呀咳咳咳，多少人——

这家瞎子接过胡胡二把东西一扯也开始了应帽儿：

人间事都是生前约好的啊——
生死和苦喜都不经耐活啊——
能赠给人的是福气千万不敢小家气——
言归正传我说一段，说说世间不平歌：
受苦种地的家中无斗粮，
纺花织布的穿着破衣裳，

修房盖屋的住的土坯房，
深山刨药的得病不起床，
百姓千般苦富豪把福享，
世间千百年哪有公平讲，
来了共产党天地变了样，
瓜儿离不开秧孩儿离不开娘，
过上好时光感谢共产党！

书说到静夜，风住了，苍白的月儿在天空浮动着，一个是半路瞎，一个是生来瞎，两个人睡不着躺在炕上说话。说到月儿偏西，两个人的心都开始犯潮，眼睛发湿，听得对面炕上的根宝说梦话，高兴得笑一下哭一下。霍长驴说："没有共产党根宝去哪里娶老婆？他笑兔子吃了窝边草哩。时候不早了，闭眼睡吧。"

听得脚头儿的人说："哪里还有眼，黑墨黑墨的，天地罩着，就一口黑锅啊！"

六

1969年的十月份，虽然远未到生炉的时候，但早晨的驴粪蛋已经挂满了一层寒霜，没等上冻，霍长驴就开始咳嗽了，整夜的咳嗽，软琴披衣起床给霍长驴捣背，捣得夜躁了，什么鸟在屋檐下扑刺刺飞落。霍长驴粗重地扯着喉咙说："我快成一个没用的人了。"软琴不搭话，躺进被窝里，想一些过去的东西，过去的日子就像收割后遗留在土地里的茬和沙粒，都是土地不要了的东西，风把那些不要了的东西扬在了空中，随即不见了影踪。风真是个好东西，风不刮春不生，风把水吹成天上的云，把天上的云聚成一疙瘩雨，风把青苗梳理成秋收，让该生长的生长，该败落的败落。软琴说："人在这个世上是最没用的东西。"黎明前的黑静悄悄的。这个世道最大的事情是什么？每天都有大事，可每天就这样活过来了。根宝当了小队队长，脾气见长，拿谁都敢骂。软琴想这些时开始起床做早饭，她从墙角那个闷了一冬的咸菜罐子里，用筷子挑出几根咸菜放进一个断了耳的瓷杯里，霍长驴用铁丝拧了个圈在杯子的口沿上绾了母指粗一个环，一老碗玉茭面疙瘩端给起床后坐在门墩上的霍长驴，那个瓷杯的铁丝环套在霍长驴的小拇指上，他吃一口就一口腌菜，虽然看不见，筷子的准确度往嘴里送时却是很熟练。

根宝从村街上吹着铁皮哨子走过，他叫醒社员们下地。软琴提了镰刀寻着哨声领着霍长驴去了。

有人说："夜天（昨天）割的那谷子地不是割完了吗？"

根宝说："你挣工分，分粮食，夜天割的是谷子，今儿割豆。农活有干完的时候？不想挣工分你就不要出工。"

霍长驴说："队长，我会好好看场。"

根宝说："霍瞎子，对头。"

原先叫"瞎子"还刺人心目，眼下习惯得冲着说话的声音能笑。那声音随着脚步声已经消失了。

霍长驴自言自语地说："村里缺谁都是不行的，包括我这个瞎子。”

软琴说：“就像前方那堆土一样，弄走了是个坑，说不好就叫人摔上一跤，那人就会变成个瘸子。”

日子把软琴的心过得不好了。

软琴把霍长驴领到场上，她跟着一干老婆们下地割豆了。场是曾经黄财主的场，黄财主土改时被镇压了，黄家的福气都散了。鸟们在场上飞起飞落，霍长驴轮着探路棍子“呜叱”吆喝一声，鸟们楞楞飞走了。霍长驴寻着鸟的翅膀笑，他觉得鸟和人真是不一样，鸟长翅膀，始终没有顺着一条什么路走，村子里留出来的路都是叫人走的。人这一辈子有走不完的路。“呜叱”，这些鸟不知道是不是去年看场时见过的鸟？巴掌大的村子，你说不上会在什么地方碰见去年的东西，似乎都赶着劲在找你。那个叫李满堂的人是不是也在找自己呢？可谷堆坪这个村子没有动，木楔子一样定在大地上。鸟在霍长驴的吆喝中扬起落下，先是三五只，慢慢的聚集多了，一群鸟，它们似乎知道霍长驴是个瞎子，眼睛滴溜溜转着，它们不害怕这个人了，蹦蹦跳跳的啄食场上的豆子。

根宝挑着两捆豆荚回到场上时看见一大群鸟落在堆积的豆荚上，根宝吼了一嗓子：“霍瞎子，我叫你看场来不是叫你来放鸟，今儿个五分工，你一分也别想挣到。”

霍长驴看不到根宝的脸，但那语气深深刺伤了他。

“我是为了中国革命做过贡献的人，按道理我该吃劳保！”

根宝扔下肩上的担子走近霍长驴。“我叫你这一辈子吃风屙屁！”

霍长驴不说话了，好像有什么短处，知道自己弱生在世上是一件非常无奈的事。他是人他也有抗拒，小声嘟囔了一句：“你娶了地主小老婆，你也不是根红苗正。”说完这句话他站起来想躲开当下的情景。哪知根宝很恼火地冲着他走过来，推着他把他推倒在场上的豆荚堆里。

根宝走后霍长驴挣扎着起身，深秋的日头把一层红涂在他的身上，又把他的影子拉长在豆荚之外的空地上，这些他都看不见，他“嘿，嘿，嘿”地干笑，笑声透过秋收，撞在那些回到豆荚堆前的鸟们耳朵里，鸟们啄一下抬一下头，跳一下。霍长驴说：“啄吧啄吧，把根宝的心肝都啄了去。”

再一次挑着豆荚走来的根宝看豆荚堆上的霍长驴，仿佛卧在棉花被子里一样享受，鸟们围着他，他很舒坦。根宝气不打一处来，两捆豆荚“扑通，扑通”照着霍长驴扔了过来。根宝开始骂：“你还是以前的霍长驴吗？以前你敢跟日本人较劲，敢赢日本人的钱，就算瞎了眼，你也没失了性子，你看你现在，日子快熬死你了！”

根宝挣扎着爬起来努力摸索着走到场边上。以前的霍长驴能把根宝提起来像扔一捆谷穗一样扔出去多远，以前的根宝哪见有过性子，在黄财主跟前实在是像一头没有性子的驴。日子淘汰了人的性子，也长出了人的性子。什么东西长了人的胆子？人世间的道理如书中历史故事一样，人都是跟着奈何走，奈何也实在是一个不能叫人活着就明白的东西，它似一根线牵着人的魂儿，不见多大重量，人的魂儿就悠悠荡荡跟着走了。霍长驴歪着脑袋看，大概是日到中天的缘故，歪着的脸看上去很滑稽。一些社员挑着豆荚“沙沙沙”走来，那是豆荚欢快地跳动的声音，也是嘲笑霍长驴的声音。霍长驴挺起身子，用他那双瞎眼搜索了一遍场，然后明明白白冲着根宝的方向吼：

“根宝，我认你是队长你就是队长，我不认你是队长，你就是黄财主家的长工。我霍长驴眼瞎了，可我的老婆是原配，你食地富反坏的牙花，你给谁使性子哩？我告诉你，就凭那张六十块光洋的借条我能去公社告你，只要那个李满堂的人在上头做官，你在我跟前什么也不是，要不要扯住耳朵告诉你，我根本就不尿你！”

根宝听到滚雷在云彩深处炸响，身体都抖了一下，用劲挤了挤眼睛，睁开时发现日头明晃晃的。他走过去拽住霍长驴领口喊道：“记住了，你不挣工分，一个工分都不给你！你拿那个叫李满堂的人说事，你知道不，他早就被打成右派了，死活不知，慢不说不是那个人，就算是那个人，他认识你是谁，你这样子，你就是一头骡子。人家的地都长的是庄稼，你的地里长的是蒿草。好地都叫你废了！”

社员们在场上四下里站着笑。仿佛突然走在长期生活的羊窑里而遭遇炫目光芒照射，霍长驴一下被摊晒在公众的目光下，他的眼睛一下一下翻着豆腐样的眼白，这是难以言齿的事，人声开始稀稀，认为霍长驴要爆发了。只见霍长驴扔下探路棍，伸出旱地一样宽大粗裂的手，他笑起来，扭曲了脸，接着两只手轮开照着自己的脸，“啪啪啪啪啪啪”打，空气中弥漫着血腥气，鼻子里，嘴里，鼻涕和血长长的挂在胸前。有人跑过来搂住霍长驴，有人看到根宝的脸，恐惧僵在脸上。霍长驴嚎了一声，一口血喷了出来，殷在场上泥地里黑墨一样。

根宝说："你这样作践自己还不如打我两下，你这做派？你把咱谷堆坪生产队的团结都糟蹋了。"

霍长驴喊："我不服你！我还了你了！"

根宝说："你不说话我还害怕你，你一说话，我也不尿你！告诉你，我心中无冷病，大胆吃西瓜，都看见了，他是自己作践他自己了！"

霍长驴挣扎着还要打自己。"我还够你，还你足足的！"

都想着软琴要和根宝闹事，软琴偏没有闹。听说了场上发生的一切，软琴像听旁人发生的事情一样，软琴说："人和牲口没有两样，肚里装了知恩的心，才有灵性！"

软琴不出工了，在屋子里伺候打肿脸的霍长驴。根宝反倒不能叫他们出工了，那哨声隔过软琴的屋子去吹。几日之后躺在炕上的霍长驴能下炕了，偶尔也在自家院门前晒晒日头，谷堆坪的人发现霍长驴的脸白得瘆人，白得像糊窗纸一样。走过的人嚷嚷着，霍长驴怕是活不成人了。

忽有一日，软琴拿包袱皮包着针线簸箩去上泊村找大队。这一辈子她没有走过长路，大队在河对岸。河对岸歪塔还立着，那下面是否走过戴帽子的人？反正那塔也没有倒下来。世间的事奇怪了，不能按人的预测行事。她最远就走到过眉河边上，这回她过了河走往对岸，一双解放了的小脚走了她大半天时间。这大半天的走给了她底气，再长的路都能走也不怕把路走长了。见着大队的人她掀开针线簸箩要干部们看，她说霍长驴是对国家有贡献的人，怎么说也得给个五保户。霍长驴一辈子命搭在这张借条上，国家不能不管对它有过贡献的人吧？国家要是真不管他，我就去公社打离婚，你们给我开证明，以后就叫小队养他，我也好找一个有力气的人把日月过下去。

谁也不能说那个借条的存在就是对国家有贡献的证明。软琴这辈子都在拿这借条说事，河两岸的人提起谷堆坪软琴两口子，有说不完的故事。软琴的事挂在别人的嘴上是一件不体面的事。一年四季和泥土摸爬滚打，话说回来，有多少体面的事叫人议论。屋漏遇雨，聚合在一起的人，长了嘴活该叫人家议。她勇敢地仰着脸和大队干部说，如果大队干部不解决这事她就往公社去，公社不解决她就往县上去，县上不解决她就往市里走。再要是解决不了，她就托人给毛主席写信。

干部们听软琴这一说想笑，毛主席在哪你都不知道，还写信。这明摆着胡搅蛮缠嘛。这事不合情理可也不敢含糊，女人认真了，仰仗着是个女人啥事都能做下。胡好叫她回去算了，虽然现在不盛行说书了，可以叫霍长驴到田间地头给社员们说快板，每天给他五分工。

大队队长说："你回吧，这也算是照顾你了。人该知足。古话说了，不怕儿晚，就怕寿短。为了那几个光洋，看看霍长驴失了多少零件。要不是你存留的这个借条，我实话和你讲，给日本人修碉堡，打赌拿日本人的光洋，合并在一起，土改都能镇压了你。你还因祸得福了呢。你不能得了便宜卖乖。回吧，就这么个决定。"

寻来的决定有些沮丧。一丝想笑又想哭的表情僵在软琴脸上，很难看。软琴说："霍家的香火在我这里断了，娘家人不上门了，抬头低头都是村里人的唾沫星子，我没什么怕的了。你们要不给霍长驴弄个五保户我就上访。破罐子破摔，事情已经把我推到了一条不知归途的路上，把脸丢在这个世上，叫人记住也是我前世修来的福分呢！"

大队干部面面相觑。两难之下告诉软琴，要她先回，五保户也不是大队说了算，往上报，得一些时日。软琴说："这像是干部说的话。我等，等不得时我自有办法！"

软琴走过歪塔，一阵风游走在她身后，她仰起脸看塔上的那些琉璃，都是当年信佛之人许愿定做下由匠人烧造贴上去的。软琴故意走过歪塔，她就想叫世人知道要是做下闷良心的事，走过塔倒下来好做自己的坟墓。风把一些残叶吹落在她头发上，抖落掉身上的叶片，长长的出了口气，这样，似乎心里好受一些。回过头时塔歪着纹丝不动。过了桥，走到眉河边上，她疑惑当年那个人是从哪里上岸的，眉河变化大，以前没有桥，学大寨修桥垫坝河岸都变样了。努力寻找着，一只手无意地按住了胸口，一天没有进水米，胃开始泛潮，同时她又觉得自己是一个可恶的人。当年的事她也是有过欲望的啊，如没有自己那些欲望，也就帮不下李满堂的忙。都是这欲望啊，让活的生路颠簸过来，没有个终点。站在河岸上，水里有她的倒影，斑驳、散淡、布满灰尘，身后的庄稼地，身后的山，记忆中发生过的事正在远去，什么都没有留下，假如再见到那个叫李满堂的人，她都不记得他的模样了，人是回不到从前的，那时候自己也不是水中这个样子啊。一生日子里居然还当了这世上的债主，一辈子不见人来还债。

又走了一程路，她想到了爹娘，爹娘走时娘家人没有告诉她。她披麻戴孝走回娘家去吊孝。爹把她打出门外，她跪求爹见娘最后一面。爹无情地赶走了她。爹死时她去吊孝，打岭头上看见她下山，哥在村口挡住她，连村都不让进。世上的情义都是钱买来的啊，钱财彻底的把自己扔到娘家门外了。从未见过神灵的存在，但是因为爹娘，能来到这个世上该是早早约好了的事情呀，爹娘啊，想来这世间是有神灵的啊，怎么偏偏叫我来世上惹你们不高兴呢？要怎样才好叫你们知道，闺女的发财梦原本就是一场梦啊！软琴长长，轻声叫了一声“娘——”，生和死都来了，你死了，闺女我活着，我延续的可是你的命？我死了再没有人延续我的命了。这日子得一天天过，时节是大规律，我活在世上没有留下叫人称道的东西，娘死时都不愿见闺女一面。娘啊，活成人难啊！再难活我也得知足，我咋敢不知足呢？你看这秋风醒的多欢，娘活着时说，哭着来到这世上的，走时一定不哭，因了早一天离开早一天能去享福。娘还说，钱财这匹马，驾驭得了，它就载你上天入地，驾驭不了，一蹶子把你从马背上撂下来，命大的拣一条命，可终究日子不是日子，人不是人。

软琴回到家门口，听得霍长驴在拉胡胡二把。软琴抹了一把脸，试图要抹走尘世的悲伤，她大声说：“我回来了！这世上的事啊，你要厉害他们就怕你，这回我就是要把‘死难缠’的名声扬出去，咱的命不能是核桃，不能叫他们干部砸着吃。”

霍长驴的琴声断了一下，再起时完全就没有曲调了。

七

这一年年底，霍长驴成了五保户。

日子和以前一样往前走。

接下来是一个接一个的运动，家里的针线簸箩反倒成了软琴的护身符。时光如水，一去多年，那段记忆仍然清晰而又迷离，可是，好像许多人已经忘记了，有些时候甚至来不及想，日月就把人过陈旧了。

根宝越来越像农民干部了，披着外衣，走路背转手，别人都吃旱烟，根宝吸纸烟。两天不到就往公社去一趟，常常领了精神回来。一会说“深挖洞，广积粮”，一会又“卫星”上天。不管啥精神，根宝都能落实到家不走板。根宝从小队干部眼看要变成大队干部了，关键时候总有人提出根宝娶了个地主婆。根宝认为自己的运势不好，都赖这个女人。从一开始能娶上这样的老婆喜形于色到后来进进出出翻白眼，日子过得就显凌乱了。根宝的女人早早白了头发，水灵灵的一个人，一头杂毛，看上去似乎落了一层永远掸不掉的灰尘。软琴从她身边走过，搭讪几句话，对方的情绪总是显得惶惑。软琴想：也不过和天底下的妇女一样，平凡不奇。再想想，软琴还是觉得自己不如人家，人家给根宝生了一对儿女，自己呢？一对大奶子在胸前晃悠，却永远不能把奶穗放进一个娃娃的嘴里。

一个初春新雨初晴的午后，软琴领着霍长驴肩着锄头往山上的地里去。这是一个和过去完全不一样的时代。过去划成分划出的“地主、富农”，现在土地下放，人人都是地主了。过去的人那些思想就知道围着干部打转转，现在对干部都有抵触情绪。根宝从队长变成村长后认为，对村干部有情绪就是对国家有情绪。村干部是国家最小一级政府，也是最底国家领导人，直接管底层农民，是国家利益顶端最基层的一环。村里人假如对村干部还有好感，那是眼馋过去的集体生活。“农业学大寨”上劲的年月，大学大干促大变，喇叭在河滩的柳树上挂着，每天大伙听喇叭一拧一起上工，挖沟垒堰、挑土推车，一起吃饭，一起下工，心里从不想以后怎么往下活，每天都信心满怀。你看现在的人，一副老大不尿老二的样子，不光主动和人家说话还得递烟，村干部没有一点自豪感。土地下户后根宝心里一直不痛快，终生务农，生死都在那几亩田垄之间，指挥惯社员了，一下寂寞得自己站在自己的地里还有些不适应。根宝想：我为啥不能像霍长驴那样对世人喊一嗓子：我根宝是对土地做过贡献的。想到这里根宝就想笑，生活挺有戏的，就像现在的电视一样，坐在家里，一小时就能享受城里人一生挣工资的故事。

软琴两口子和根宝打了个照面，都老了，一辈子卑微得如蝼蚁一般。

“下地？”

“下地。”

搭话的是软琴。霍长驴耳背了，听什么东西都听得是蜜蜂乱飞声。

走过后根宝突然想到五保户都发放了电视，不知软琴安装了没有。返转身说：“你那电视可装好了？”

软琴停下脚步再一次回头看根宝，“装好了。都是新时代新社会好啊。”

根宝一辈子认为自己是个政治人物，喜欢听政治腔调的话，这句话由软琴这么个人说出来让根宝兴奋了。

“是国家发达了。你看，就那么个铁壳壳，装下了农作物啥时播种，啥时施肥，啥时病虫害。中央有啥富民政策了，外国都乱得天天打仗了，我们的国家还给我们的五保户发电视。你想看啥拧啥台，时代好就好在能坐着旅游看世界。”

软琴不听根宝的话走了。根宝有点儿失落，话兴才起，现在的农民都不听干部的话，把干部说过的话当耳旁风。转头一想，电视不是什么好东西，迟早要把农民教坏了。

软琴在地里摘北瓜，把那些长出来的谎花儿摘掉，把地里的杂草拔净，用小勾锄在瓜秧下伏起土堆确保足够的养分。霍长驴在地外的石头上打瞌睡，一开始打呼噜，打着打着就断了，伸一下脖子抬高了打一声颤，勾下头停半天不见声。这年纪的人就剩下吃睡了，吃不进肚里睡不好觉，人就没了。软琴在地头坐下来，摘了两个北瓜，把摘下的那些嫩瓜秧也放进篮子里，午饭好炒菜。现在的日子好啊，舍得下苦力想啥能吃啥。天不会为谁白一次，也不会为谁黑一次，一个人来到世上过一辈子，黑天白日说长可是真长，说短也是真短。该好活了，人却老了。人老了真不好。日月虽然从中夺走了很多东西，但也从生活中得来很多东西，老百姓的日子图啥？就图好好活着不重复过去。不管怎说能见到现在的世道该知足了。软琴歇好后扶着地边的小树往起站，腿歇得酸软麻困，她“哎呦哎呦”叫了两声，看见霍长驴还在睡，一觉睡了一上午。用树枝挡好菜地，怕鸡们寻进去糟蹋了菜。软琴叫霍长驴起身走，霍长驴不动。软琴发现不对劲，急忙去摸霍长驴的手，那手冰凉冰冷的。再摸鼻下，鼻下没一丝气息。

软琴抬手狠命照霍长驴的脸打了一个巴掌，“你不言语一声就走了！”

中午阳光正烈的时候，霍长驴的尸体被抬回了院子里，软琴没有泪，霍长驴和她的缘分尽了。他的死让软琴看到了自己，软琴一个人躲在屋子里哭时是哭自己，不久的将来软琴也会躺在院子的地上，四周都是说笑的人，谁会为一个死人去悲伤。她不哭的原因还有，在该哭的时候她得强装坚强。世上的人都是笑贫不笑强。村干部都来了，人由村里打发。软琴在屋子里准备一些铜钱大的鬼饼，死鬼走往投生的路上要遇到许多野鬼冤魂拦路，软琴多和了面，鬼饼路上发放的多。霍长驴在院子里静静躺着，四下没有哭声。一些苍蝇飞着，有几只麻雀落在茅厕墙上探头探脑。地上摆放着几个馍馍，几个面包，三炷长香缭绕着青烟。软琴把打好的鬼饼用线绳穿成项链，叫阴阳套在霍长驴脖子上。软琴看到院子里堆着可怕的静，静像一堵墙。这个屋子里是死了人了啊，死的人是这屋子里的汉子，这院子里听不见哭声，能说是屋子里死了人？软琴拍了一下身上的土灰去找村委会。

谷堆坪旧俗，若是死者无人哭送上路，则会化作厉鬼叨扰

《水牛》 葛水平作

全村没成人的小辈。霍长驴没有后人，软琴不能哭，总得有人哭吧？根宝说，没人哭不怕，河对岸上泊村有靠哭丧赚钱的人。

上泊村经营这项营生的有三个女人：王排常、郭润香、韩秀枝。这三个女人替人哭丧。因为守寡或家境窘迫不得已而为之的营生，做到现在县里都挂上名了。三个人的嗓子好，哭起来有和声效果，她们在上泊村展露出来的才干，使得一些家有儿女的都不得不在她们的出现中偃旗息鼓。

三个女人一身素服，神情肃穆庄重地来到霍长驴家。软琴在屋子里收拾霍长驴活着时的穿戴，继而收拾生前的日常用品，被褥、衣裤、鞋袜和用过的不再有人稀罕的物件，都要在霍长驴往生的路上烧掉。她收拾完生前穿过的，开始收拾生前用过的。一件一件扔到了门外。软琴拿过那个针线簸箩来，这一生就因为针线簸箩里的那张条子，人活得失了面子，本来一生都是两手空空的人，从来不想也不敢借债，有了它一辈子还啊还的，直到把肉身还给了它，要它还有什么用处呢！软琴把针线簸箩飞出了门外的地上，它滚到了人群里。

哭妇们坐在葬棚子下有说有笑，这时候来了很多人，大都是来看稀罕听她们的哭。与往日不一样处是她们都带了麦克风，像在舞台上呵腔一样，嗓子一亮人鬼同悲。

啊呀哩，老汉呀，说走就走不回头。天下的心在都没有你邦邦硬哩！

啊呀哩，老汉呀，谷堆坪的好人都叫你占哩，你这一走咋舍得把我丢下哩。

啊呀哩，老汉呀，天生百姓地生虫。忘川桥一过还记得我软琴是谁哩。

三个人的哭声呼天抢地、声嘶力竭。霍长驴在哭声中开始装棺，软琴哭了一声，更像是肚子里拧了一疙瘩气冒了出来，没有哭透，憋得久了不哭那一声人都要憋过去似的，软琴喊：

“老汉呀！忘情水喝下两难想！”

这一声喊得撕心裂肺，抽丝剥茧，能把霍长驴从棺材里拽起来。棺材盖钉进子孙钉后，所有人明白霍长驴到底是走了。

看客里多了一拨来考察对岸歪塔的文化人，他们寻着这边有人下葬，又听说有哭妇送丧，稀罕得寻了来看。有一个叫李宏伟的看客随手从地上捡起了那个针线簸箩，他好奇地看解放时贴上的传单，同时看到了那张借条。字迹有些模糊了，唯那个在名字上按下的血手印阳光下显得醒目。李宏伟看软琴，软琴的脸颊浮肿着，曾经也许有过几分姿色，如今她的脸被愁容锁着，升起的烟气缭绕着她整个身体，孤零零的一个老态龙钟的女人。

李宏伟得着空隙走近软琴，他说想买走她这个针线簸箩。软琴说，喜欢它就拿走，我还怕难烧，想着要掰烂了烧，你拿走吧。李宏伟还想放钱。软琴生气了，夺了回来说，不叫你拿了。李宏伟说，好好好，大娘，我不提出钱的事还不行？软琴笑着递给了他。那笑容永远定格在李宏伟心里了。他认为软琴的笑是天底下最美丽的笑。

生不穿一件衣，死不含一口饭，能挑二百不挑一百八，站着活人不难缠，坐着人死不怨天。掉转身子没有你，两脚蹬空不挨你，两眼一睁不见你，你走我活罪过哩，我跟你一起去啊，黄泉路上歇歇脚，稍稍等等你的妻！

哭声中四条汉子抬起棺材闷喝一声：“起！”

软琴巴巴的看着棺材装了霍长驴走出了她的视野。

空了。风声、树叶声、鸟鸣声，就是没有脚步声。

软琴庆着耳朵听村庄上空的喧闹。要说一辈子软琴也是一个老辣世故胆大心硬的人，院子里空了的时候心里的那个软偏偏就来了，是不是我一辈子心硬，老天看不惯规整我呀？软琴洒水扫院子，院边上开着南瓜花，她把谎花儿摘掉，叫了两声“咕咕咕”，扔给了朝她走来的鸡们。掉了一下身，软琴就忘记霍长驴走了，冲着屋子里喊，“出来晒晒太阳呀！”马上，软琴就又明白霍长驴走了。人老了记性真不好。

八

黑了。

夜黑下来了。

软琴早早就上了炕。躺下闭上眼睛，忽又睁开了。一些声音潜伏在窗外稍稍远一些的暗处，软琴坐起身拍了拍窗户，想和那些声音打个招呼。躺下后来自身体深处闷闷的隐痛来了。她咳嗽了两声，什么也没有咳出来，比较一个白天，夜里要难活些。屋子里、炕上的空肆无忌惮的威力起来，眼睁睁看着月明亮汪汪的照着窗户纸，一会儿云彩走过挡住了月明，暗铺过来。软琴的泪来了，和自己睡炕的人走了。摸摸炕边上那块空着的地方冷灰灰的。霍长驴呀，你去了一个什么地方？那个地方你可见着我爹我娘了？一个女婿半个儿，见着我爹娘了你得给他们个好脸儿，先磕头，礼多人不怪。这一世的苦你带不走，连着你活着时的长相，你还和从前一样是个全人。你一路上缺啥少啥了，托梦给我，我买了纸钱烧给你。你不是人了，是鬼，鬼在世上无所不能。人看不见你，你看得见人，看着我下地跌倒了扶我一下，那些小块块地里长下的蔬菜，你不能和我搭伴儿了，闲下时，你记着替我去吓唬吓唬那些鸡。撞见我在时你化了风在我跟前打个旋子，我好和你说说话。霍长驴呀，我说这些你可听得见？四下八方你朝哪里走了？咱俩一辈子，也只有你知道，我是一个心气过盛的女人，世上没有能把我难住的事，你这一走我难下了。你招呼不打，绝情无义走了。屈辱悲愤跟着你都受过了，该有的没有不该有的都来了。说这些有什么用啊，你现在正往投生的路上去，咋说我都得安顿你几句。一路上过山搭岭，野山野岭的山沟沟里穷人家多，瞅见那屋顶上冒青烟的人家，那可都是穷苦人家，路过人家门前，千万不要撞落了门口竖着的镢头，搭在院子里半空上的绳子你小心别扯下了人家晒上去的衣裳，千万不可因小失大惊扰了贫家女人肚子里的胎气，人家出世的娃没来得及续上前世的生灵，急急慌慌半路拽了你的鬼魂，你投错胎呀，转生还是活在穷人家。一世你还没有活够么！翻了山越了岭，照见明晃晃的灯光你快快飞过去，那是富贵人家呀。贴着人家的窗户你要闭住气，不能起风带尘，要知道那些往生路上的孤魂野鬼都在富贵人家的窗户前贴着呢，你守着的东西它们也守着，无数个鬼魂等候着投生富贵人家，你的响动会惊扰它们的耳朵，你的气息粗重，这时候你得闭着。只有让其他东西听不到你一丝声息，你才能听到他们说的话想的事。遇见那些个畜生们，你远远躲开，它们的命薄得像一张纸，遇见它们你把心跳声都得捂住，捂死在心口，转世成它们，一辈子受死都不会说一句话，不会说话怎么能逃脱了人的手心。

慢慢的，软琴说不动了，疲惫了，对着炕上的空说了几夜的话，她像落在炕上的一块破抹布，有气无力。

外面开始有人畜的走动声，苍蝇拍翅、蚊子蹬腿她也懒得分辨。一些湿气轻轻的漂浮在软琴的枕头周围，迷迷糊糊中似乎是霍长驴来了，又似乎梦把自己割开了一个口子，在另外一个世界走着她自己。窈窕年少的身段，她走过歪塔下，心开始通明，她顺着台阶，从下到上，一层层不厌其烦走，方寸之间，造设无数，四下里她看得眼花缭乱。她伸出手，有人在她手心里写下两个字，软琴不识字，由青丝而银霜，心里什么都清楚，可就是不识字。有人说是“天下”二字。她走到塔顶，凉风四来，爽气灌顶，“天下”？从塔顶上看眉河两岸，两岸的田里，那些一起一伏的人们，没休止，一代又一代，春种秋收，都是土里刨食，自己要活着，也不让家里老小饿着冻着，天生百物，本来就是给众生备晚饭的。她看到有挑货郎走过。那时一个光洋一担米，后来光洋不值钱了，一个光洋可以换一条洗脸手巾。现在光洋都叫文物小贩收走了，听人说贵了。还看到有弹棉花的两口子，他们用绷子弹得棉花漫天飞舞。眉河边上有家醋坊，庄稼人喝醋却不买醋，一般人家都酿醋，用小米酿出的醋，味淡淡的，色黄黄的，伏天从地里回来怕中暑气，一勺醋对一碗水仰脖灌下暑热全消。后来人们都不做醋了，吃醋厂的醋，醋水泛黑，闻上去酸里带腥，喝一口，味辛刺嘴，不知都加了什么东西。她看到河岸的马路上有车跑，奇奇怪怪的样子，车跑过扬起一股尘，没等土落下，又扬起一股尘。尘土在眉河岸上团着不散。几个上小学的娃娃在河岸大块的平坦的石头上练习写字，那些字斜斜歪歪的，一笔一画费了很大的劲，有几个字你推我搡的挤在一块，那都是些什么字呀？粗看胳膊腿都很强壮，细看道道儿画得细毛鬼筋，识字比干庄稼活累人。这世上什么事能难死人？软琴想：识字能难死人。从古到今天下就这么活过来了，想到天下，便低头去看手心里的两个字，再看，手心里开着两朵花，艳丽得刺目。

“醒了，醒了。”

谁醒了？软琴发现四下都是人，他们包围着自己。软琴看到根宝，旁边站着一个面熟的人，想不起来是谁。那个人笑着说：“大娘呀，我是拿走你针线簸箩的那个人。”

噢，软琴想起来了。

李宏伟说：“大娘，我帮你找到借条上的人了。李满堂，他还活着，离休了，还记得欠你的债。他还想着要来看你，无奈他走不动了，脑梗，他想请你去见他，他有话要和你说。”

软琴一下来精神了，坐起来说，“他还活着？活着就好。天不薄欠债人啊！嗨，债不债吧，多少年了，都老皇历了。”

当年的李满堂还活着，活着好，给了软琴一个希望。对软琴来说，只要他活着，就是一个温暖的依靠。曾经催人落泪的故事，已经在时间流逝中消失了，那些伤感的故事，再去回忆有什么意义呢？软琴抹着眼泪说：“贫苦人弄天下不容易啊，不管咋说，江山总归是叫共产党打下了。好么，霍长驴也受到了国家抚恤金和救济粮的照顾，我一个入土之人还有什么不知足呢！”

李宏伟说：“大娘，天下事都会有一个交代。你安心几天，我落实有结果后我来乡下接你。”

软琴说：“娃娃家，你咋就找着李满堂了？不是和你一个姓，也是你的什么人吧？”

这话说的有几分挨着边儿。李宏伟告诉软琴，取了针线簸箩回到县城，和父亲说起他从乡下收来的针线簸箩里有一张欠条，父亲和曾经一个叫李满堂的人是朋友。父亲看后说，李满堂当年是武工队队长，因借粮落过难，应该是他没有错。李宏伟把针线簸箩里的借条照了相片用特快专递寄给调往南方工作并离休在南方的李满堂。不日后电话打了过来要李宏伟去一趟，李宏伟带着针线簸箩去见李满堂。李满堂见到针线簸箩的刹那间，一种期望和失望相交织的情绪满溢了全身。

软琴听得泪流满面，关键处问了一句："李满堂看罢借条说啥了？"

李宏伟一脸正经说："借钱长利天经地义。"

这句话于软琴不重要，于村干部很重要。

重要么？与当下的日子究竟有多大的关系？

时节是大规律，人按天明天黑打理生活。软琴越发精神了，打村庄里走过，见着邻里乡亲脸上就多了笑意。别人问她事情有啥结果了？她不答，啥结果都不重要了。节气提醒人们该做什么，要是错过了时机，一年中什么事情都会迟缓半拍。软琴把地里的萝卜、地瓜、雪里红、红薯刨回家，共有四五篮子。摊在院子里晒，见了日头失失水能放长。地里的收拾完了，她收拾手边活，像是要出远门走长路似的。

一个早上，李宏伟又来了。这回是叫软琴去外面的世界里看看，看看天下都生出了什么稀罕的东西，捎带去见见李满堂，商量一下赔偿的事宜。那个年代的光洋到现在折算人民币不好说一个准确的数字，李满堂说要按软琴的要求来偿还。

软琴看那天空，透过渺渺的薄云能清晰地看到蓝天上的天脉，看什么像什么，变化万端。软琴说："当年的李满堂是个俊汉子，深眼窝，水泡眼，高鼻梁，宽下巴，不知现在老成啥样子了，就怕见着我这马瘦鬃乱，人穷相老的人吓着人家当官的。"

决定去时发现没有合体的衣裳，老土，上不得桌面。李宏伟叫她只管走人，大城市里的商店想穿啥都有。他负责买。

准备好日子要上路了，哪想事情发生了变化。乡里的听说此事后决定不让软琴去城里见李满堂。软琴是一辈子没出过山的农妇，她真要见了外面的世界，见李满堂住高楼，吃喝拉撒都有警卫，软琴这一辈子老说霍长驴是对共和国有过贡献的人，她出门真见了有过贡献人的特殊待遇，那还不把一辈子积压的泼劲都使出来。狮子口大开，那是要给乡里丢人的呀。这么一议论，决定软琴不能出门。软琴一辈子的性子，生楞硬，不闹出事不罢休，虽然软琴老了。因为这件事激活了软琴身上潜藏的东西，唤醒了身体里的曾经的性子，生出啥无中生有的事来都有可能。不仅乡里抹黑，县里都要抹黑。说服软琴的事落实到了村干部根宝头上。根宝一开始不答应，可不答应又找不到一个合适人选。

乡干部说："这是硬指标。蚊子不尿尿，你有你的曲曲道。"

根宝也尥蹶子了一句："我这一辈子就只能当个村干部！"

乡干部说："你现在就尿高了，行使的是乡领导的权力。"

根宝老了。眉弓光秃看不到眉毛，烟黄色脸膛，背上也耸起了锅。可根宝的做派不变，倒背着手，以前披着中山装，现在披着西装，瞅着软琴在屋里时弯腰走了进来。

根宝坐在椅子上抽了颗纸烟，仔仔细细打量了一遍屋子，啥值钱没有啥。又掏出一颗纸烟接续上，照着门弹出了烟头。

“人这一辈子，肚里不放个墨水瓶，真要出门去和人说话是很费劲的。”

“只要有人的心肠，说话就不费劲。”

“独柴难烧，独人难活。你瞅你哪里还是年轻时候的软琴，年轻时候的软琴那是弯眉杏眼，光皮嫩腮，你看你现在。人呐，到了什么年纪就得耍什么。”

“那你说，我现在的时候还能耍什么？”

“能耍的多啦，就耍你这个老树桩，不挪窝。你一辈子被光洋耍得还不够难活，临稍末了，一个妇道人家不去抛那头，露那面啦！”

软琴在午后搂了一卷纸钱去往囚放霍长驴的窑洞处。站在窑口前，她看到窑里已经放了三口棺材，都是先死的人等活着的人百年后一起下葬。人死不能复生，在人世活过一回，活着时期待的愿望就要实现了。纸钱烧完后，软琴破例跪下磕了仨头。起身时她说：“你懂啊，咱该知足，不讨便宜便是最实在的安宁。”

一股风绕着那纸钱飞了，最后的风尾巴挠了一下软琴的衣角。

九

从二十来岁算起，五十多年，这中间有难以言说的伤痛。当年，李满堂从软琴家走时怀揣着六十块光洋，他摸黑敲开黄财主的大门，黄财主脸上笼罩着一抹茫然。李满堂说，我来借粮，不是白借，这是光洋。光洋扔在黄财主的台阶上，夜幕下的李满堂霸气逼人。就这样，连夜六十担米从黄财主家运走了。李满堂一直记着光洋的事，无奈战争让部队入不敷出，一推再推。错过还钱的日子后，他和部队已经走离故乡。五十年代李满堂回到省城，尘封的记忆开始复苏，一些往事的片段零星地浮现，他决定还债。哪知有人这时候揭露他当年过河时裤裆里绑着一袋子光洋，那些光洋哪去了？李满堂在百般辩解中迎来了“文革”。“文革”中他被下放到北大荒。拨乱反正后恢复工作，他反复和所有的人说一件事，借钱还债。这相当于很强烈地表达自己的愿望，他希望人们能够重视，然而没有人认为他说的话是真的。这个世上李满堂欠了债，他同自己讲，这辈子无论如何得还了这个债。可社会发生的一切总是叫他一错再错。人在生存中对某些坚持分明是一种对信仰的砥砺，时空可以超越，现实总是让他无奈。不说也罢，人生的事就像是先前约好的，该来的总归是要来。知道软琴不想出门，怕年龄大了有啥闪失，李满堂通过上边的领导协调决定赔偿十万元给软琴。

与人的一生相比，钱算什么呢？软琴是五保户，算是国家人了。她花不动钱了。钱是有重量的呀！

她给市里的李宏伟打了电话，要他来。

软琴说：“这些天我把那些往事又活了一遍，我不能沿着来时的路再慢慢走回去，走回去让我痛楚难言。听说上边要给的钱数目怪大，我思忖了几日，喊你来，是叫你替我写几句话，把那钱捐给村里。电视上常见有富人捐钱建学校，我也捐了，在谷堆坪建个小学，走过时我也好知道那是霍长驴捐下的。”

李宏伟说：“是不是该叫个霍长驴小学？”

软琴笑了，“叫人笑话哩么，快不要叫人笑话了，一辈子名字没有叫顺溜，都是土里刨食的人，糟蹋人家学文化的娃了。不管叫啥，反正不能拿霍长驴的名字说事。”

春天，软琴下地，走过村中央，看到黄财主的场上建起了一座小学校，一扯十间平房。软琴问过往的上学的娃娃，学校叫了啥名儿？娃娃说：“李满堂小学。”

软琴怔了一下站着看了半天。

“好哇，叫那个在天下走丢的人再都不离开谷堆坪了！”

成长

《活得自然　犟得自在》　葛水平作

一

曹丕是一个活在街头的人。

他经营的生意一面是悲琐的行径，一面是崇高的人性。生活在曹丕的世界里就这样充满矛盾和多样性。

二

曹丕还在少年时代，曹丕的爸爸曹力大喜欢抬举老师，乡下的学生读书难免参差不齐，学得好坏多少要看个人造化。曹丕爸爸抬举老师就是为了多给儿子开小灶。可惜老师都是半业余的，没考上大学，念了高中，读过书不能和农民一起站队，在乡里谋个活路小学老师，心思又不在教学上，时刻想着往城里去。曹丕的爸爸对曹丕的理想也没有过高要求，就希望将来曹丕能做一个乡下老师，凡是做了老师的人都是肚子里有墨水练就一副好喉咙的人。这样的人乡下人喊他们是“知书识礼”之人。

曹家几代都是农民，到了曹丕这一辈，曹力大说什么也要摆脱长期低人一等的感觉，再难也要供曹丕上学。曹力大抬举老师的唯一途径就是要曹丕妈给老师送麦子面馒头。乡下最好的面是麦子面。

可曹丕是那种没有特色的学生，不喜欢读书，喜欢野天野地玩。曹力大从野地里找回曹丕时，常骂一句话：“王八羔子，吃了喝了，粪都攒不下叫你野到人家地里了！”不读书不长本事，更不能给自己的家族带来若干好处，就算当一个层次不高的教书先生，简单的实现一个梦想似乎比登天还难。

曹丕混到初中，要到离家二十公里的庄坡上学。人离开家，也就离开了曹力大的视野，想酿造一个强迫念书的氛围，这种氛围因距离原因被堵塞了。庄坡因为有初中，村庄里就有人开了网吧。曹丕基本不念书了，初中的课程比小学难，小学没打好基础，进了初中看啥啥不明白。本来是年少活泼无忧无虑的时代，因为读书曹丕显得郁郁寡欢，他整天泡在网吧，不想读书也不想回家。他感到自己的灵魂十分漂泊，没有可供落脚的地方。再是，初中还没开始念眼睛就高度近视了。

有一天，曹力大在网吧逮着曹丕了。

曹力大站在曹丕身后看曹丕在做啥。

曹丕在玩游戏。曹力大看不懂。

曹力大说："这舞扰的人都在做啥？"

曹丕说："过关呗。"

曹力大说："过了关做啥子？"

曹丕说："过关呗。"

曹力大说："过了关做啥子？"

曹丕说："你来网吧不知道啥叫过关，去，妨碍我过关！"

曹力大一个巴掌上去了。曹丕的关没有过去。曹丕瞪着眼说："你让我过不了关！"

曹力大说："王八羔子，你接受不够九年义务教育，你连基本的说话能力都没有，不要说写封信了，念书念到现在就只会说过关。你爸就是你的关，你来过过！"

曹丕才发现身后站着的是曹力大。曹丕站起来就跑。曹力大在后面追。

出了网吧一群乡下的老农民喊住了曹力大。现在的娃娃有几个好好读书，读书能做啥？考上大学都分配不下工作了，都说上网是一个怪瘾，小孩子都喜欢进网吧，由着他去吧。

曹力大在人家的劝说下脚步迟缓了，看着曹丕麻雀一样起起伏伏跳跃着不见了影踪。

曹力大为啥叫曹力大，因为他是一个受才。一身好力气，高个粗腰，头发板刷一样硬。农村人一年四季和土地打交道，要的就是个力气，父母给他起这样的一个名字是起对了。一年到头要下地的那些日子里，简直对他来说就是抡了两下胳膊锻炼了锻炼。等生下自己的儿子时，起名字不能依靠一辈子和泥打交道来决定，得有文化。找乡下的老师来决定，人家抬眼就说："叫曹丕。"说曹丕是历史中魏朝开国皇帝。又是三国时期著名的文学家、诗人。这个曹丕厉害，结束了汉朝四百多年统治。曹力大对这些历史是一头雾水，只有读书才能不辜负这样的一个名字。如今曹力大对曹丕念书的态度显得很是力不从心。儿大不由爹，看见曹丕的样子他就心慌气短。

一个平常最不喜欢和人谈正经话的人，被逼迫决定和儿子谈一次话。

夜晚降临时，曹力大在学校门口堵上了曹丕。曹力大揪住曹丕的手往学校外的干河沟里走。曹丕看到曹力大嘴上叼着半根烟，熏黄的手指在嘴边略微颤抖，出气粗得厉害，一脸的黯淡。曹丕很快就萎了，低垂着头，反正就是这一身皮肉顶着，大不了疼几天。

河沟里有晚雾，石头上有些潮湿，明亮的月光照软了曹力大的心，嘴上叼着的烟头早就灭了，只剩下了过滤嘴干在嘴唇上。父子俩坐下来后，不知道该怎么打开这个话头，曹丕是不打算说话。曹力大揪扯了一下过滤嘴，用劲猛了，一块皮扯了下来，血渗出，慢慢的聚成一粒豆大的珠，很快就干凝住了。

曹力大说："你计划咋办？"

曹力大说："你不读书咋办？"

曹力大说："起下这么好一个名字，不读书叫糟蹋了！"

曹力大说："你有啥理想？"

一条狗跟过来，在不远处的地方撒尿，尿在草叶上像下雨一样，刷刷刷一阵子。消停了的狗卧在对面喘着粗气看他们。

曹力大说：“你不敢不读书，当下的社会不读书没有出路。”

曹力大说：“网吧里玩游戏，要是能一辈子玩游戏算你有出息！”

曹力大说：“你的理想最败兴也该是个小学老师工作。”

草丛中有什么东西动了一下，狗支楞起耳朵，一缕鼻息呼出来，草丛里的动静刺溜跑远了。狗立起身盯着跑远的动静又呼了两下。

去年的这时候，对面有一块小地，地里种了玉米，上网到凌晨时肚子饿了，曹丕在玉米地里掰过两穗嫩玉米，那是一份丰美的食物，现在还能反刍得出那香甜来。

曹力大说：“你忍心叫你爸一直说话？”

曹丕没有控制好。曹丕说：“反正我是不念书了。”

曹力大一个翻身，曹丕以为要打他，紧着抱住了头把身子埋进两腿中间，驼起背。哪知曹力大跪在了草地上。

曹力大说：“我给你下跪，你是我祖宗，算是求你把书念下去！”

曹力大又说：“不敢忘了你的名字可是历史上一个帝王的名字，你不能辱没了这名字啊！”

曹丕站起身说：“你可知那曹丕只活了四十岁！”

曹力大猛地一把抓住曹丕把他摁在石头上抡起巴掌就打，狗冲着这一幕一边叫一边退，这边打得动静大，没听见曹力大骂，也没听见曹丕讨饶。

三

曹丕彻底不念书了。

两个人不说话，像两个僵硬的物体，虽然无话，可那声音却凄切而尖锐，无边的对抗弥漫在这个家庭的白天和黑夜里，一个一个念想在两个坚硬的人心头盘旋。默声是一种巨大的对抗，它可以让对抗的人感到时空的错乱，压得活人喘不过气来。两个人都想大声说话，似乎一句话都不会说了，想大声喊叫，可声音却像从小肚子下发出，软弱而冰冷。曹丕妈喊两个人吃饭，吃饭成了一件没有意识，没有方向，只是一个机械的动作。曹力大脑海里一片混沌，这世界上没有过不去的坎，曹丕就是他过不去的坎，横竖都看着难过，这样下去咋办？

忽有一日曹丕从他妈那里哄了一百元，人一走不见了影踪。

曹力大被曹丕的行为吓住了，歪歪斜斜地坐在屋外的廊檐下。曹丕妈收拾曹丕床铺时发现了曹丕写给曹力大的三言两语，大意是外出闯荡会像一个人一样回来。多大个人，外出闯荡容易嘛。曹力大嘴上喊着："让他走，走得远远的，省得在我面前晃荡！"话归话，身子骨却是软得没有一点力气。人咋能不读书？正是读书的年龄，不读书曹家是没有翻身的机会，就算在外能活下去，可活下去的质量没有啊！

曹丕怀揣一百元大钞，可一百元在市面上不该几下花，或者说刚够路费。小麦还未收割，玉米还未灌浆，一开始离家出走的自由还来不及享受，肚子开始饿得没抓没捞，泪水来了，泪水浸醒了他的冲动，无边的陌生立即包围了他。城市的灯光明亮，可夜静的天空下，稀疏的灯光高高地眨着冷漠似的嘲笑，曹丕想到那是曹力大的眼睛。夜静得街道上不见行人，偶尔有车闪过，掀起一股冷风，浑身不自觉的鸡皮鼓胀得冷冰冰的。他开始恨曹力大，只有恨曹力大他的心才有温度，才有一种活到明天的勇气，才可能获得一种前所未有的爆发力。他寻着一个墙角的背风处，坐在地上，用自己所知道的最恶毒而肮脏的土话骂曹力大。骂声深入夜空后，又跌落下来，他的声音怪怪的，荡着阴森森的气味。静下来后开始想曹力大模糊的轮廓，曹力大走近他时那高大的影子，一度屏蔽了他的呼吸。他厌恶曹力大。正好旁边有一面玻璃墙，曹丕起身走近照自己的样子时，发现玻璃里有一双熟悉的眼睛，他先是感到奇怪，在仔细看时又发现那双眼睛下面显现的脸庞也很熟悉，整张脸的轮廓，而不是具体的一双眼睛、一个鼻子或一张嘴，他从来没有仔细到这个地步看这张脸，这张脸正在扩大，无限扩大，他发现这就是一张曹力大的脸。曹丕尖叫了一声，感到心里火辣辣的难过，为什么自己会长一张曹力大的脸？

一个流浪汉走过来，他身上披挂着一些细碎的布头，灯光从灯杆上浑浊地照下来，罩住了他。他的身上有一些烂而黄的白菜叶子，一条腿裸露着，生了很大一片脓疮，在惨淡的灯光下他站得孤独而潦草。曹丕掏了掏口袋，一百元除花了还剩余七十多块，这个数字对曹丕是一个焦虑不安的数字，如果他明天回家给曹力大承认错误，一切都会化解，如果明天不回家，他突然觉得身子一阵冷似一阵，握钱的手心里捏出了冰冷的汗。

一群醉汉走过来，彼此斜斜吊吊走着，一个人的头始终亲密地和另一个人的肩连为一体，周边的人像扭秧歌一样前前后后忽闪着肚子，腿和胳膊像断了似的左戳一下，右戳一下。那一对连体人，突然的有一个蹲了下去哗哗地开始呕，那些食物经由他的肚子颠出来，是那么的腐臭。几个人仰天大笑着晃过来拖着呕吐的人跌跌撞撞往前走。凌乱的脚步声走远时，他看到那个流浪汉在傻笑。他笑什么呢？他这一辈子根本就不知道什么是哭什么是笑，如果知道他不会傻成这个样子啊？曹丕也开始笑，反正骂和笑在这个静夜里没有人看得见，总之今夜先自由放纵吧。

曹丕笑着往前走，他想去找一家网吧，玩一夜，明天再说明天。那个流浪汉跟着他，这是一个意外的乐儿。身后的那个人笑着流着涎水，曹丕返过身倒退着走，用手指着他又开始骂，这一会儿他忘记了曹力大，显得很开心。

就这样忘情地走着，走到了城市郊区一座桥下，桥下居然住了人。曹丕看到桥下生着旺旺的火，没有风，一股青烟在火焰之上。走近了才知道不是住着一个人，好几个地铺，有睡觉的，有唠嗑的，咳嗽声持续不断。一个戴着破帽子的汉子手里抓着一条蛇，他像抓着自己的裤带一样在手里来回舞弄着。一个女人递过来一把小刀，他在蛇的颈子上转圈割破，坐在地上的汉子伸出手想要什么，只见戴着帽子的汉子把握着的蛇头递给地上坐着的，戴帽子的汉子翻开蛇颈项上的皮往下拽，用得不是太大的劲，“一二”，蛇被剥得精光，小刀子一挑，蛇被煮进了锅里。

戴帽子的汉子扫了一眼曹丕，“妈的，这么晚了不回家，游荡啥呢？”

曹丕说：“我没有家，我妈嫁了后爸，他把我赶出了家门。”

说这句话时曹丕都没打草稿。

戴帽子的说：“不让你念书了？”

曹丕说：“念那书有啥用！”

戴帽子的说：“跟我们一起住，这世上只要脑子活泛不愁长大，念书把人都念傻了。”

戴帽子的从桥墩下扔过来一块砖头，扔给曹丕一床破被子，“找旮旯睡去。”

曹丕躺下去时，感觉到了四下一片朦胧的温馨，让他有种在床上睡的感觉，然而桥上的车嗡嗡地在走，这些又似乎是催眠曲。

曹丕歪起身说：“蛇会报仇。”

戴帽子的人说：“来了一条吃它一条，我这身肉全凭吃五毒吃成这等成色的。”

曹丕沉默了一阵子，看着地上突然害怕什么地方跑来一条蛇，一时脊梁骨有些发冷。他实在是太困了，倒在砖头上，眼皮子沉甸甸地合上了。

四

曹丕和那些活在街头的人住在了一起。

戴帽子的人叫李明孩，白天看，脸膛黑里透红，额头更是油光发亮。大白天不穿上衣，也是黑里透红的油光可鉴，雨落在他身上挂不住，不留痕迹就没有了。桥下住着的人都是生意人，有钉鞋的，耍魔术的，卖假药的。曹丕很喜欢这个群体，尤其喜欢李明孩。这个群体天亮后出去，夜黑后回来，人人都很勤劳，一副早出晚归的忙碌样子。李明孩是卖假药的，他只上过两年学，早把字忘了，不过卖假药的串词他熟络得很。夜晚回到桥下时大家都很兴奋，他们几个人合伙租了一个城市周边来城里打工的女人来做饭。女人长得不好看，身材不匀称，甚至有些粗短，每天来做饭时脸上挂着疲惫的笑容。李明孩一看见她就喜欢撩逗她，她的指甲缝里藏着面粉，却不好意思地捧着一个碗，遮住半张脸。李明孩说："瞅你羞花闭月的样子。"念书没有记下几个字的人会说羞花闭月，这让曹丕更是另眼相看。

李明孩说："曹丕，桥下的生意人里，你看中哪个行当了，哪个人就是你师父，这里不讲文凭。"

曹丕胆怯地四下里看看每个人，他们都在叙述一天的生意经呢。

李明孩说："街头生意都讲究个口才。不过你不念书了挺可惜的，小小年纪不念书，要想挣脱祖祖辈辈泥里爬泥里滚的命运，从现在开始奋斗，你首先得把苦当了乐，哭当了喜，悲当了笑，就像我一样，一个穷字挡了媒婆的脚，光棍一个，一个光棍，一人吃饱全家光荣。我和你讲，啥子生意都难做，都看你悟性高低。悟性低的人，站在街头，毒日头晒得皮起壳，腰子痛的弯不直，半毛钱少，半毛钱不见有人掏。悟性高的人，我不说你该明白，从现在开始一步一个脚窝做，你就是未来的大老板。”

曹丕哑得不知道说啥好，选择啥生意来生存？念书是他长这么大唯一的选择，放弃了念书，选择啥？他很茫然。

李明孩唱了一句：“解放区的天是明朗的天。”

旁的人也跟着唱。曹丕很幸福地看着他们。

李明孩说：“你不能活人成了个吃才。”

曹丕开始想曹力大，曹力大是他的大后方，在那里可以得到最无私、最有力的支持，可那是要叫他念书。现在是念书之外的事，曹力大那张凶狠的脸一下就来到了眼前。

曹丕低下头说：“你们都是民间高人，你们看我像什么就学什么呗。”

“咦——”

这句话说出来很叫李明孩高看。三岁看大，七岁看老，念过书的人不一样，最大的不一样就是会看人说话。

李明孩说：“铁匠炉里加炭，老鼠跌进了风箱，打个箭步到跟前，活是白日见了鬼。你人小心眼多，不念书可惜了。不过话能来回说，书本里的知识到了生活中都是反的。你跟了我学，保管你吃香喝辣。”

曹丕点点头，看着李明孩。

李明孩说："拨云见日，和他们的生意来说，你干不了他们的那些个娘娘活。一拳一酒，捉对厮杀，拳打胜家，你听猜拳令，这都是生意经。跟我做生意，第一，脑子要活泛；第二，嗓门要洪亮。伸手为定，吆喝如同唱戏，水火相遇，水化了火，火化了水，真做假来假做真，买卖具有刺激性，要吆喝得那些口袋里揣着钱的人兴致高涨，按捺不住，心痒迫切，买卖就成为生意了。"

李明孩从一卷铺盖里摸出半瓶高粱酒，又从什么地方摸出一小袋子五香花生米，端过一只过时的搪瓷碗，倒酒时发现碗太大，把碗翻了个，酒倒进了碗托里。吸溜一口，再倒又吸溜一口，连着三下，倒一托递给曹丕。曹丕说长这么大没有喝过酒。

李明孩说："从现在开始，你慢慢儿把这一辈子没干的事都尝试一下，就怕到老尝试不完。哎，你多大了？"

曹丕说："我十六岁。"

李明孩说："看见你要比实际年龄大，长得急。过去像你这么大的人都当爹了。来，和我一样，三下三清。"

曹丕不含糊端起酒三下三清。桥下的人凑过来，一人灌了三下，其中那个掌鞋的拐子，三杯下肚脸上涂了一层漆光。酒一喝开就控制不住了，李明孩掏出十元钱给地上窝着的罗圈腿，叫他去买酒。罗圈嘴里含着纸烟，瞪着眼像审贼似的盯着曹丕。曹丕从口袋里掏出十元钱递过去，曹丕说："捎带买两个下酒菜。"

罗圈脸上不冷不热，那双大眼怀疑了一下，一把抓走了曹丕手里的钱。

李明孩说："你为啥叫草皮？任人踩。这名字难听。"

曹丕说："是曹操的曹，不字下面一横的丕。"

李明孩说："是戏台上那个拿腔做调的大花脸儿？那个人我倒是不讨厌他，他喜欢喝酒。我也喜欢喝酒，很对缘分，啥时候他从戏里出来，我请他喝两口。"

曹丕说："曹丕是他的儿子，当过皇帝。"

李明孩说："你的意思是，以后我得喊你皇帝？"

曹丕吓了一跳："不是不是，我只是说我的名字的来历，是有说头的。"

李明孩说："你那亲爹八成是个小学老师。我们村里的那些当过老师的人就喜欢弄个历史人物出来说事，文绉绉的，生怕别人不知道他懂得两个字。叫草皮也不叫曹丕，不字下面一横，那也叫个字？不像个字。你爸叫啥？"

曹丕说："曹力大。"

李明孩说："亲爸后爸？"

曹丕说："后爸。"

李明孩笑了。

"你妈投奔爱情给你改了祖宗。以后甭叫曹丕了，就叫曹力大。反正被假冒了才是名牌，又不是你亲爸，你也恨他，我以后骂你也好骂起来顺嘴。龟孙子，曹力大！"

曹丕的泪水总不能忍住，眶在眼里，脸蛋子通红通红的，低了一下头把泪挤出去。买酒的罗圈回来了，带来一股风，那股风从袖口、颈脖子处钻进身体，曹丕不禁打了一个冷战，一个不切实际的叫法吓了他一大跳，这是根本不可能的事情啊，曹丕是曹丕，曹力大是曹力大，曹力大是曹丕的爸，曹丕不能改名叫曹力大。他想进一步做一个很诚实的解释。

李明孩冲着大伙说："这是龟孙子曹力大买的菜。鸡用鸡爪往前刨，猪用猪嘴朝后拱，天生的，生就的骨头长就的肉。他知道拿十块钱买菜拜师，这就是找吃食的本事。"

酒菜摆在砖头上，大家伙围拢坐过来。

李明孩认为曹丕是自己送上门来的徒弟，是自己的运气，是天给的，第一杯酒要敬天。披上人皮做一回人不易，得靠地聚气给一块开场，第二杯敬地。接下来是曹丕敬师父，曹丕长跪在地上磕了仨头，第三杯孝敬师父李明孩。李明孩喝了一大口剩下的给了曹丕。曹丕端着酒两难在那里，李明海说："站起来，你妈养你就是一个该站着尿的人。曹力大，把师父剩下的酒喝下去，我欠你一个媳妇，你欠我一副棺材！"

曹丕被激动的是"曹力大"这仨字，媳妇和棺材哪和哪是个未知。这仨字让他心里流血，头发里冒火。曹丕站起来一仰头喝下酒，空碗一摔，眼里的泪哗哗地下来了。

李明孩吼道："哭啥哩？做我的徒弟，第一不能怕丑，第二不能怕羞，第三不能脸红。要想生意做好，大街上脱胎换骨炼红心！"

五

曹力大自从曹丕离家出走整个人就不多说话了。对曹力大来说他为了这个家日夜操劳，不得喘息，曹丕就是他的出人头地，是曹家未来的终生寄托，曹丕是比家里供奉的神像牌位更实在的东西。曹丕一走他开始钻进了牛角尖里，他认为曹丕的出走与曹丕妈有直接关系，他无法从这个女人身上找到优点，在他想象力所及的范围内竟然找不到原谅她的理由。她首先不该给曹丕一百元钱，其次父子对抗的日子里她没有协调这种僵持的关系，其三，曹丕完全遗传了她的浆糊脑袋。

阳光明媚的早晨，曹丕妈做好早饭，小饭桌摆放在屋子外的廊檐下，饭菜端上去，身材小巧的曹丕妈走路轻快，像一片风吹落的叶子。她冲着里屋床上的人喊："吃饭了。"以往喊"曹丕爸吃饭了"，现在是生生把曹丕去了。时光真叫人一寸一寸心疼。曹丕妈准备就绪这些活计，一个人坐在大门外望着进村的路，路真叫个长。村庄看不见人，车也少见，从前村庄里热闹，没有一个人想出远门，人都在热闹的视线里，很大的声音围裹着村庄，一户挨一户的消息不敢多走动就叫人都知道了，现在，活一天张大眼睛寻摸一天，眼睛里连个正经人都看不见，几个留守老人把曹丕的事说烂了，翻来掉去没有新意，倒叫人心里焦得难过。

早晨过去是中午，上午的时间总是很短，中午饭她把曹丕的饭也做下。曹力大端碗在锅里盛饭时，看着一锅饭，看曹丕妈的眼神有些陌生了，提着勺子走近曹丕妈说："日子叫你过败了！"曹丕妈开始流泪。曹力大斜睨了她一眼，"还没有死人呢，好日子都能叫你哭败！"曹丕妈把脸扭往一边，忍着泪出了门。走到村口，她看到村里的五保户兰娣坐在废弃了的碾盘上，眼睛眯着，不多的几缕白发被风吹着遮挡着脸，她已经没有亲人了，眼睛也已经什么也看不见，耳朵还好着，天暖和的时候她就盘腿坐在碾盘上，她迷恋村庄里的热闹，那热闹里有她在世的亲人。如今春来冬去，风来雨去，听听声音想想从前，世上的牵挂都不在了。以往曹丕妈觉得兰娣怪异，现在她突然明白了，兰娣的现在就是自己的未来。不喜欢煎熬在屋子里，想不得曹丕的从前。

曹丕妈越过兰娣走了不几步停下了，村庄朝东的路上，一动心事曹丕的模样就来了，调皮的曹丕背着书包踢踢踏踏走过来，曹丕说："妈，拿回书包。"曹丕妈急着问："不回家你去哪?"曹丕说："耍。"

"不念书就知道耍。"

兰娣伸长脖子说："是力大家里的?你和谁说话?"

曹丕妈回过神来。"自说自话。"

兰娣的皱纹已经从眼角扯到了脸颊，有些困乏，不想说话，还是嘟囔了一句："不该到自说自话的年龄。"

伸向远方的路模糊起来，曹丕妈的眼睛酸酸的，曹丕什么时候能回来，走时没拿一条线一块布，走时连顿饱饭都没有吃，这样想着泪又来了。

曹丕走后，曹丕妈就这样忍气吞声，心甘情愿在心里接受曹力大的埋怨，也不敢堂堂正正交锋。日常生活出现了强迫症，当曹力大用发号施令的口吻和态度希望曹丕妈做他希望做的事时，曹丕妈觉得日子过不下去了，她觉得自己受了天大的委屈，她感到自己这么多年来一直受控于并被戏弄于一个牲口的手里。更严重的是她心里放不下曹丕，非得有个准信和结果，要不她自己就吃不好睡不安，曹丕的离家系在她心尖上，稍一牵动，便是痛彻心肺的疼。担忧和愁苦中她把曹丕换季的衣服收拾出一大堆来，毛衣、单衣、棉衣、秋衣，换季的鞋袜、内衣内裤，两大蛇皮袋子。曹力大看见了觉得别扭，顺手提起扔进了西房。曹丕妈坐卧不安，手不是手脚不是脚，短短一些日子人就瘦了半个。不管曹力大怎么骂她都不还嘴，没人的时候只是流泪。可曹丕妈曾经是一个要强的人，也是一个有主见的人，不然她不会选择曹力大。

当年的曹丕妈是乡里的一朵花，盯着采花的人多了，曹力大能像沙砾一样借了太阳的光芒放射出来，走进曹丕妈眼里，那是有赖于大集体时代，当然曹力大讨好曹丕妈那也是有一套套的。

当年秋收时分各队的青壮劳力集合在一起互帮各个小队收秋，曹力大到了曹丕妈的那个村杀高粱。整个一块大地里红漾漾的一片高粱，天有些嫩寒，曹力大故意脱了上衣，露出很结实的肌肉，故意让那些人先开始杀。那年月不讲性感，光天化日下，裸露膀子，那是让陈旧的大地上显得格外明亮的风光。闺女媳妇乌央央的眼睛，像种子似的往曹力大的光膀子上下种，胆大就是幸福，曹力大的身体就是爱情的力量。等他们走了三分之一了，他甩开镰刀，棒槌似的手臂一搂，一怀高粱横下，放地上时高粱穗先轻触地面，再撂秸秆，轻重缓解，潇洒得很。歇头歇时，别人都坐在地头上拉话，他走近还不是曹丕妈的女子，要过她手里的镰刀，说：“给你磨磨镰，看你杀得吃力，镰不快杀起来不轻便，明儿手臂抬不动。”只见他走到地中间从女人拉下的那垄高粱开始杀，那女子看四下里的人都看着想说什么，却也说不出口，只见曹力大一起一伏地说："杀高粱就是磨镰刀，庄稼地里高杆粮食是镰刀的磨刀石，几下子就能越杀越锋利。"曹力大身强脑健，讨好女人有一套，旁的人笑在嘴上却也说不出反对意见来。一身结实的肌肉，一副助人为乐的好心肠，这些都很符合那个年代女人爱情的择偶标准。曹力大一个卖身的小花招很轻易就得手了，那女子没有弯转过筋来，两年后成了曹丕妈。

一季连着一季，而衔接这季与季之间的裂痕是下一代人否定了上一代人，下一代人又莫名其妙长成了上一代人的脾气。当年曹力大就是因为不好好念书，他的爹拿着鞭子抽得他的脊背和斑马纹似的，他的奶奶颠着金莲护着曹力大，嘴里嚷嚷着说："世上最难的事就是识字，就那几个笔画来来回回把社会就扭打乱了，不学它了，黑有黑道，白有白路，造化弄人，下什么种子开什么花。"曹力大也发誓有了娃一定要把他放养在山里，他认为世界上最难的事也是识字。娶了曹丕妈生下了曹丕，他转变了认为，不识字世界就不是你的，不识字兔从狗窦入，鸡在梁上飞。

曹丕离家一个月下来，曹丕妈像变了一个人似的，除了照常去地里伺弄庄稼外，再就是站在村口上望路尽头。见人不抬头像有了短似的，更是不见有句客套话。在屋子里也不看电视，目的是想避开声音，怕忽略了屋外的动静，屋外的任何动静都和她靠得很近。夜黑的时候她顺着出村的路走很远，像是一队风从门口经过，让她闻到了什么，她急急慌慌放下要洗的碗筷就走，沙沙沙沙的声音，是几片叶子在路上行走。整个山野一片寂静，铅灰色的山挡住了天边那半个月亮，夜低垂着，无论耐力、韧性或定力，那些仰头可望的山峦都叫她感到了压抑，让她有一种剧烈的疼痛感，她觉得她有憋了一辈子的话要说。她看着山打着寒颤，她要说的话被夜胶住了，小声到只有自己的心能听见，“曹丕曹丕，妈在村口的路上等你回家。”

话说回来，就曹丕这一个儿子，出了这样种事，曹丕妈可说是看着儿子不动声色的走失，这样的打击太大，刺激太深了。街坊邻居们开始为她担忧，一致认为曹丕是个男孩不会出啥事，只是一时孩子气离家出走，活不下去还会回来，曹丕妈气出病来那曹家就塌天了。

村里外出打工的人听说了曹丕出走的事就互相转告，谁见着曹丕了都要把他妈的情况告诉他。

后来村里有个叫林生的人外出果然在火车站看到过曹丕。曹丕小大人似的，掖下夹个假皮包包，跟着一个黑油光亮的人急匆匆的赶路。瞅见他的林生喊他，扭转头寻着喊过来，果然是曹丕。林生告诉曹丕，他妈天天黑明白夜在路口上望他，人瘦了半个。曹丕不言语。林生说，跟我回家吧。你们家的希望因为你出走没了。曹丕在创业，起步是艰难的，一个人如果有太多的儿女情长，所有的起步都可能半途而废。一想到家，家就变得沉重了，没有任何东西能够阻止他去做真正想做的事情，家能坏事。只有脱离开家，时间才是光，才是空气，才是自由，他的命运才会有运气来改变。曹丕说，你回去告诉我妈，叫她不要瞎操心，那个人是我师父，我跟我师父学艺，学成了自然要回去。你也回去告诉我爸，学艺如念书，不下功夫学，艺不精到。叫我妈吃好些，我是个男人，我得闯天下，总有一天会衣锦还乡。曹丕的话说得叫林生没有话再说，社会真是锻炼人，这几句话念书人是说不来的。曹丕妈一边抹眼泪一边听林生讲曹丕的事，怕一个抽泣失了一个细节，拿着手帕细声细气听，讲完了觉得还没有讲明白，还要问，问曹丕穿啥衣服，穿啥鞋，脸色是啥样了，个子高了没有，问完了又问跟着的那个师父是啥样子，曹丕跟人家学啥艺？林生说，我忽略了问他学啥艺。曹丕妈说，知道知道，到底不是你的亲人。这叫啥话，遇见曹丕带信回来不感激反倒成为不是了。不过这个消息让曹丕妈气色有了回转，人显得话多了，见人就开始后悔走时给曹丕的钱少了，一百元是个屁，风放个屁都能吹跑。不知曹丕是怎么活下来的？每天只要闲下都要找借口去问见到过曹丕的林生，林生被问泼烦了一见曹丕妈就说："你饶了我吧，我下回见了曹丕我就装了没看见。"

这哪里是相邻说下的话？

知道曹丕在外好好的，个子也长了，长得和曹力大一样粗壮，曹丕妈心里就有底了。饭饱生余事就不怕曹力大了。

正是收秋时节，田野上到处都是丰收的景象，外出打工的人都回来收秋了，都显得急慌慌的样子，把回家当了一个债，回来还债来了。曹力大杀倒玉米，曹丕妈卧在一畦一畦的玉米旁，掰下来的玉米发出轻微却干脆的折断声，她把掰好的玉米棒子插在筐子里，曹力大挑到路边的三轮车上，一车一车玉米送回了院子里。满院都铺满了玉米，一年怎么吃得完，曹丕妈把玉米皮脱至尾巴处，和别的玉米拴在一起，一串一串挂在楼窗下的横杆上，院子里两棵柿子树，树杈上也挂着玉米，墙头上，山墙下，玉米皮划得曹丕妈露出来的皮肤上到处都是红道道，太阳一蒸，热辣辣地疼，有一个念顶着，曹丕妈不觉得疼。一年的玉米晾晒完了，余下的玉米曹丕妈不等来年春天，一定要卖个贱价。曹力大和曹丕妈吵上了。

曹丕妈一改往日小心小胆的样子，吵架的声音出奇大。

曹丕妈骂："春天的玉米价格高，你等得我等不得，儿不是你身上掉下来的肉。娘身上掉下来的肉娘疼。"

曹力大骂："反了天了你，好好的春天的价，叫你秋后糟蹋了，里翻外颠倒，折了一半价，玉米不卖！"

曹丕妈喊："就卖！"

曹力大喊："不卖，这是老曹家！"

曹丕妈脸上挂着草皮指着曹力大："老曹家？屁，老曹家是低贱的树，只有我李艳红才叫你老曹家树上结下的果有个样子。"

曹力大想笑，这么多年他忘记这女人叫李艳红。

曹丕妈："你把曹丕打得那样重，小看他是个孩子，他也长了心，孩子怎么走的，就是你打走的。亏得我走时给了他一百元，不然以后孩子想通了回家来，连个暖心的疼也念不起。"

曹丕妈说："这是有人看见了孩子活得好好的，要是孩子没了人了，曹力大，你别想好好活个死，我提前走也要拽上你，死了还做你老婆叫你不得闲！"

曹丕妈说："你看看你曹家祖坟上有没有念书人这棵草！

你还不趁天好卖了玉米去把儿子找回来？你看得钱比儿的命重，来来来，我这一条贱命不值钱，你守着曹家的祖宗，你活，你活千年蛤蟆万年鳖！”

曹丕妈一翻身，曹力大先还有点干火，后来人就习惯被骂了。在骂声中开始反思自己，人生不吃苦头就尝不到甜头，自己不也是懂事晚，曾经也是不想念书么，算了，不念就不念了，能谋个生意也算是个交代。玉米卖完曹力大怀揣卖玉米的钱，开始寻着见过曹丕的人指点的路线进城去找儿。

六

城市里真要藏一个人还藏得真严实。走街串巷找，到底曹丕在城市里学啥艺？曹力大想：不给人家修脚揉肚子还怪了呢。走着乱想着，瞎猫碰死耗子，总归要在一个地方看见曹丕，心里默默地高喊着：“曹丕！曹丕！我是你爸！”

城市里高低不平的楼房，街道上往来不停的车辆，曹丕在什么地方？不停地走下去，曹力大的腿像灌了铅似的，尘土吸进了自己的心里，他由快而慢，胳膊下夹着一个黑布兜用来装干粮和水，水喝完了想讨口水喝难得很。他不停打听一个叫曹丕的人，因为说话不普通，怕城里人听不懂，就尽量想用普通话问话，总归是说得不老练，一方水土养一方语言，说话是为了交流，关键是对方听不懂。他打手势和人家沟通，人家翻他一眼，显出了城市人的优越，他不敢吭声。拿笔在纸上写了一句：“见过曹丕？”城里人看他伸过来，也回仨字：“去去去！”像防瘟疫一样嫌弃他。他走过的街道又走了回来，进过的店又走了进来，十字路口上选择，有的已经走过了，有的还在疑惑走过没有？他像汽车轮胎带进城市里的一疙瘩泥，风卷着他在城市里转起圈来，这样找下去不是办法。他在绿树成荫花木繁盛的城市花坛里坐下来休息，看到那些休闲的人们、牵着手的伴侣在其间徊徉、逛街，好生羡慕这些人的富裕时光，他有一些兴奋。城市好哇！城市是个大宝物。

夜深了，曹力大走得口干舌燥筋疲力尽，他走进一胡同深处寻着一家小店吃了晚饭，就着旁边的旅馆住下了。一晚一百二十元，这让曹力大的心疼了一下，与那些大宾馆相比这家是最便宜。入住房间后，他看着白色的床，白色的墙，白色的床帘子，白色的厕所用具，白色让他没有丁点儿力气。白色在乡下是死人的颜色，白色让曹力大无限痛苦，唯有地上的地板砖带一点儿肉色。曹力大坐在地上靠着床，脑海里泛起无比复杂的内容，假如睡到明天不醒咋办？讨嫌的宾馆。站起身走进卫生间拧开水龙头解了渴，撒了尿，趴在窗户上看不十分热闹的胡同，一只蛾子在窗户外扑打着玻璃，几次扑打后跌落在了暗夜里。他看到热情行走的年轻人，亮着灯光的小卖铺，平地耸起的高楼，黑灰色的影子下几个建筑工人就着路灯在打扑克。他开始难过，这个城市藏着逃避他的儿子，站在这样的窗户前，乡村突然离开他很遥远了，那个遥远让他十分惧怕，这个城市里消失一个人太容易了，就像那些黑糊糊的窗户，人走进去再看不到黑之外的色彩。曹力大努力让自己清醒一些，走进简易的卫生间，看到墙上挂着的洗澡喷头，他开始脱光衣服站在喷头下，拧开水龙头，水是凉水，像雨水一样撒在他的身上。不念书的人永远都不能高人一技，不念书的人在念书的人跟前人不人，鬼不鬼还不知觉，按照富贵设下的山头，不念书的人都是给念书人垒台阶呢。

敲门声响了，曹力大忘记了自己没有穿衣服，湿淋淋开了门，走进来一个中年女人，女人个不高，看见曹力大的样子脸也不红，似乎曹力人的裸体在她来说太熟悉不过，一进门她就把门反锁上了。曹力大觉得她是找错家了，便冲着女人笑了一下。女人说："看你登记时的老实样，没想到你也是老江湖了。"曹力大吓了一跳，意识到自己裸着身子，急忙反身关上卫生间的门，他脱光的衣裳在外面的地上扔着，他打开门想取衣裳，哪知女人在门口站着，单刀直入地说："我是来陪你过夜。"这句话让曹力大浑身不自在，如芒刺在背。曹力大在乡下听说过一些城里的事，电视剧里也教会了他很多，他是过来人也和村里的女人偷过情，他清楚地知道这个女人是来找钱来了。曹力大感觉自己被这个城市游离出来，他想哭，努力让酸楚的鼻子吸气，再一次开门取自己地上的衣裳，他发现女人赤精着身子，他被这陌生浓烈的气味呛了一下，完蛋了，跌落进了陷阱里了。就这么个热身子想乍乍吧。曹力大被女人拥倒在床上，女人叫了一声"哥"。这一声哥如一道电光从头顶直直地照下来，一个完全陌生的人这样大胆地叫自己。曹力大不敢直视对方，怕自己无端的哭出来。女人桃花带雨，春波如潮："哥，我不害你，我来是叫你好。"

曹力大血压突然就升高了，一颗心扑通扑通直往嗓子眼里撞，局促在床上，手脚不敢动，生怕一动便要要命。满脸苦大仇深的曹力大不能够正视这个女人，他的呼吸跌落在她的胸脯上，曹力大不敢把她当作曹丕妈使唤，他知道即将发生的后果。偏偏有些后果是无法控制的。

本来曹力大带了钱想在城市里多住几天，直到找见曹丕为止，一夜之间钱的性质转换了，女人离开的刹那间里，脸上荡起一阵看不见的小风，女人说："哥，两千。"曹力大脸红了，抬头注视着注视他的人，他脸上的红一点一点褪尽，这个女人无论哪里都不及曹丕妈。这桩交易甚至连讨价还价这一基本步骤都省略了，曹力大说："没有。你说你不害我。"女人走到门口开门的瞬间闪进来一个男人，男人进门揪了曹力大的领口，曹力大乖乖地掏出口袋里唯一的两千元递给了女人。女人说："哥，明晚不走我还来。"门吱地一声敞开了，离去的两个人消失时，应声而入的光线分外刺眼。曹力大的脑袋里嗡一声糊了，一时间不明白自己是在哪里，听见隔壁房间里有声音，又想那声音是路边传来的，却又很奇怪那声音，此起彼伏，他开始害怕，那害怕越来越近，靠近他的鼻子和眼睛，他抡起巴掌打了自己的脸一下，那声音无疑是从他脸上传出来。害怕靠近了他的眼睛，他不知这一切该如何结束。城市里的诱惑有恃无恐，他害怕再来一次诱惑，他开始把床拖到门口顶住门，这样依然不放心，自己靠着床坐下，他想，来吧，我曹力大有的是力气，就这样他坚持到了天明。

曹力大顺利地离开了小旅店，结账时那个老女人朝着他露出了牙齿，不是笑也不是骂，硬邦邦的把多余的钱退到桌子上。曹力大出门时撞在了玻璃上，他像一片从大树上掉下来的干枯叶子，自己要飘到哪里去，在农村人模狗样的一个人，到了城市他空了。一条熙熙攘攘热闹的街，人流如潮。走过的人没有一个人主动看他一眼，可曹力大觉得都在看他，明明满眼都是陌生人的气息，可自己的心里总是充满了怯意，唯恐世人指着鼻子骂他，甚至害怕此时找见曹丕。走了一段路陌生的一切完全消失了，曹力大是谁？没有一个人关心。他紧抿了一下没有水分的嘴唇，下咽了一口唾沫，那唾沫居然把喉咙都拉伤了。他开始佩服城市里的人，人一辈子没有在城市里活两天那叫白活了。那火柴盒垒起来的楼房，见缝插针的小酒楼，以前是住店，现在是宾馆，城里和乡下像两个世界里的人。“走过路过不要错过”，从声音开始，这些街道，让他忽略了停留在城市里的时光。狗日的曹丕就在这样一个城市里生活，他逃避念书，如果在这样的城市里活下去，念什么书嘛！不念书在这个城市里怎么活？像那些摆地摊的，活在塑料泡沫、冰棒纸屑、菜叶和丢弃的杂物中间，城管过来撵着跑，在大街上没有落脚地，小街小巷里贼一样，不能再想下去了。狗日的曹丕，不念书你在城市里只能活得人不人鬼不鬼。看见看不见的难过让曹力大开始讨厌城市了，在乡下，你当个教书匠，家长敬着，给脸不要脸的东西哇。曹丕，曹丕，曹丕！口袋里的钱叫曹力大一夜挥霍了，留在城市里吃风屙屁是活不下去的。夜里的那个女人，展开来想，她在夜色下抚摸曹力大的脸庞，他的心开始由惶惑而惊厥，一团白肉，渐渐模糊了，他想起了曹丕妈，很久都没有叫他焦躁了，可这不是理由啊，曹力大为昨夜的事情感到羞愧，他为这个秘密感到难过，他所做的一切使不幸降落到了不幸家庭身上。疲倦、饥饿，对曹丕的仇恨让他无法呼吸，面对着这个转来转去的城市他的脑袋始终无法清醒。

黄昏，曹力大在风里坐着最后一趟末班车赶往乡村。

漆黑的夜幕下，曹丕妈打着手电筒站在路口照走过来的行人。听见脚步声时先照路，照走过来的脚，脚上穿着的鞋不是曹力大的，便说：“路上可见着班车了？”来人说：“我和班车走的不是一条路。”

人走过，路静得听不到任何动静。乡下的人是越来越少了，半天听不到脚步声。曹丕妈担忧着外出的人，摸黑走了二里路，一路上想曹丕的从前。曹丕从前多可爱，话多嘴不闲，放了学往家走时一口一个妈叫得欢。曹力大和曹丕对抗后，曹丕就不叫妈了，总是有求自己的时候才困难地叫一声妈。眼下曹丕走了快三个月了，她在村口上望了三个月，乡下人真不知道怎么才能调教好孩子，从前的人养一窝，现在养一个都难。曹丕妈的心悬着，担惊的心如蚕吃桑叶一样搅得她心慌。

有脚步声走过来，曹丕妈仿佛听到了熟悉的声音，照过手电，那双鞋很眼熟，心悬了一下，心里有一棵草，嘣嘣嘣往上窜，稳住神顺着手电照着裤脚，西装，脸，果然一张有深刻廉耻感的人回来了。电筒晃得曹力大不好睁眼抬手挡了一下。回来得如此急，曹丕一定是有了音信。

曹丕妈说：“见着曹丕了？”

曹力大自顾往前走：“没。”

曹丕妈说：“走一天就回来了，是听到消息了？”

曹力大说："听了个大概。"

曹丕妈往前小跑几步挡着曹力大，"你说下个准信，大概是个啥？"

曹力大说："回屋说，黑更半夜，村里人还以为我死了。"

心里都有意回避着一些急火，往回走时曹丕妈腿酥得几次要软下去。

一路上曹力大想，回家怎么交代？儿没找见钱没了，钱没了事小，儿没找见事大，虽然有夜色掩护，瞎话编不圆，再加上疲惫、干渴，路途奔波，越发让他缺乏想象力。假如曹丕妈咬住这个话题穷追，他实在找不出一个高明的答案。

时钟指向夜间十一点钟，曹力大把皮包扔到床上，仰脚八叉躺下去，他说肚子还饿着。对善良的曹丕妈来说这是一个捻子，她似乎也听见了一个奔波的人肚子里辘辘乱响，赶忙添水生火。秋后的穰节在灶膛里发出呼呼的火声，不时瞟一眼床上的人，好生心疼。夜静时分，擀面声奇响，不一会儿，一碗面端到了曹力大眼前。曹丕妈说："见着曹丕了？"

曹力大翻了一下眼皮。

曹丕妈再问："曹丕可好？"

曹力大不得而知曹丕可好。挑了一筷面往嘴里送。占着嘴没法回答。

等着半碗面下了肚，他又佯装瞌睡得急，等不得放碗。曹丕妈心焦得一下夺走了曹力大的碗。

"曹力大，你不是娘生的！"

曹力大夺回碗，"你弄啥哩了么？我不是娘生的，你也不是娘生的。”

“我还以为你进城一趟连句囫囵话都不会说了。曹丕可好？”

“好。不好我能轻易回来。”

“那他在城市里做啥？”

“肚里有二两墨水，给机关单位当个文书。”

“吃喝都没见遭罪？”

“妇人心。进了机关就是干部，哪个干部愁吃喝。”

说这句话时曹力大有点心悸，有点伤脾伤肝的疼。

这句话曹丕妈却是一杆秤上的定盘心，曹丕妈转头取出一个碗舀了两勺汤端过来。

“你没给曹丕放个钱？出门在外可是人穷志短。”

驴走下坡路。曹力大想大声说话，想一跳多高，想发情时的土话骂娘，想做梦，睁开眼时梦实现了。

曹力大说：“城市里要的就是钱。那地方，没钱你就是乞丐，有钱能让人活得上瘾。”

这是一句耐琢磨的话，曹丕妈偏就忽略了。

夜深时，外面下起了雨，门缝里钻进来一股牲畜气息，败草气息，还有雨打进黄烂泥里的味道，这些流动的背景成了曹丕妈无法入睡的温暖。她坐起身看着身边曹力大的脸，月光如水泄在上面，曹丕长得和你一个模子，迷人的老汉啊，好久都没有闻见你身上呛人的辣味了，你呀你呀，可不敢叫我曹丕也长成一个你。曹丕妈笑了，笑得不明亮，但笑得踏实。这日子过闷了，该笑了，明天下雨不上地给曹力大做烧馒烩菜。

七

入冬后的一天上午，一张一百元的汇款单写着山西长子县曹家营曹力大收，像长了翅膀似的来了。

一家闹腾，全乡知道。邮递员怕耽搁了这事，专门骑摩托来村里送了一趟。冷风刮在村庄少有人烟的杨树上，风在树梢盘旋，一阵叶子雨点似的落下来。长驱直入的摩托车一时惊得村口前几只调情的鸡乱了方寸，狗听见了跑来冲着村路恶恶的叫，日头把天空染了一片红。乡邮员喊着："曹力大，曹力大，有你的汇款单，曹丕寄来的。"这无疑是秋天的雷音。接到汇款单的曹力大手有点抖擞站在那里不会走了。站了半天后他转向邮递员走远的地方，猛跑了去追人家，他想问问曹丕的事，一阵子后意识到这是徒劳的事。反反复复看汇款单，有些字还不是太熟悉，急忙往回走，他知道曹丕妈上过初中。

曹丕妈接住汇款单紧张得先是笑了一下，接下来就嘤嘤嘤地哭开了。曹力大很烦，这不是好事么，哭啥哩了么？

曹丕妈："我儿曹丕是恨我了，不多不少寄了一百块，是走时拿的数啊！"

曹力大说："这时候你还文学，我是问你看清楚地址写哪里没？"

曹丕妈疑惑地看着说："你都去过儿子的机关了，你问这是什么意思？"

曹力大一时糟糕透了。

狗路过冲着曹丕妈乱叫了几声，像是对曹丕妈感情援助。曹力大朝着狗踢了一脚，狗脾气上来了，鼻子抽动几下，猛地跃起狂吠着就要撕咬，曹力大的脾气也上来了，或者说他的脾气在曹丕走了的这些个时间里就一直点着柴。曹丕妈拿着汇款单扭转身回屋子里去了，曹力大抄起家伙照着狗就打。狗躲开家伙，不死心守着退路一扑一扑冲着曹力大叫，这下彻底惹恼了曹力大，他拾起地上的砖头打过去，狗撂开蹄脚往远处的地垄上跑，柔软而舒适的田埂，即使无助的恐惧在狗心里弥漫开来，但狗也不怕。狗抬头看看扩大的田野，回头看看冒火数丈奔跑而来的曹力大，爱炫耀大嗓门的狗不叫了。太阳高高挂着，入冬后的田野，毛茸茸的一层霜淡淡的化开，为啥要和曹力大计较呢？都是一个村里的留守人员，罢罢罢，狗撒了欢似地蹦跳起来。

狗看到曹力大一步不稳，扑通跌倒在地上。曹力大感觉有什么东西抚摸了他一下，他想是狗扑上来了，可他就是不想动，想让狗下狠口咬他一下，他是大男人，他不能和女人一样一般见识，此时此地他想到那张汇款单就想哭，躺在软软的泥地上，像小时候躺在母亲的怀窝一样温暖，曹力大眼眶里的泪出来了，一种久违了的心颤，他感觉到心里火辣辣的，脸上火辣辣的，曹丕的消息让他立刻有了勇气，跪坐在田里，看着收获后杀倒的庄稼，他获得了前所未有的勇气，恶狠狠地吼了一嗓子："曹丕，你还知道曹家营有你爸呀！"

狗安静了一下冲天呜呜呜长应一声，脸贴着前蹄闪着眼看着曹力大卧下不动了。

曹力大招呼狗过来，狗一嗅一嗅爬过来。曹力大伸手摸它，摸它的头脸、脖子，还有光滑的皮，狗显得格外舒服，把脸搁在地上，眼睛也不曾睁，任曹力大摆弄。

曹力大和狗说："你知道不知道人是分层次的，我就是低层次的人。看我的长相，长腿短身子，俗话说，腰子长来腿子短，不是坐轿就打伞，我没那命。从小没有念上书，念书就像共产党闹革命一样，能翻身做主人。我这一辈子是熬不出头了，我对我这一辈子熟透了。我的儿曹丕，你知道的，我寄希望他身上，如今是肥皂泡落地。我是个没用的人，我多么想培养一个有用的人啊。祖辈种地靠打粮食发财，在地里扑腾着，也要活人，可人要和人比，人和人一比较，落差就来了。尤其是夜深了，看天上的青白月牙，地里的唧唧虫声，我这一辈子就守着乡下不东想西想了，人比人气死人，不想人家的好。可是不行啊，由不得要想，要攀比，我不能实现的就想我儿去实现，念书，考个好学校，识字多了，就能摆脱农民的身份，哪怕当个小学老师，那也是一辈子受人敬，不愁吃喝啊。曹家营的儿孙们考上学外出的多了，没有考上学的，凭了各种关系纷纷逃出去，我看着这些个人我心里就特别不是滋味，心里就有了阴影，我正宗的曹家子孙不能没有出息。你看曹家营李武安的儿子，在县城里当小工，提泥包，以前在曹家营见了还叫个叔，现在见了和我站成了一辈了，叫我老曹。再看王行元的闺女，以前穿裤子，现在穿秋裤都不套裤子了，两腿和圆规一样，鞋有半尺高，我从人家跟前走，人家腰身扭着躲一下，把我当了种地的乞丐。扳着指头一数两数，哪家都有外出的人，都有考上学校的子女，农民的出路只能靠知识改变，曹丕不念书，丢人不说了，日子怪别扭，等于是把我的主心骨给抽走了。我这一辈子养儿，我本来指望我儿曹丕打击他们，可曹丕偏不给我争这口气，不发愤，曹丕这一闹腾，让我找不到头绪了，看不清曹家的走向。你说他在城市里做啥，能做啥？我梦里就见他叫人家打了，我说他在城市里当文书，那是我浮想联翩哩。”

狗似乎睡着了，保持着一个姿态，风推攘着它身上的毛，牛屎的骚味被太阳照得蒸腾起来，曹力大觉得自己真没出息，连狗都不听人话。他捡起根柴扒拉狗的眼睛，狗喉咙里发出呼噜噜的声响，这是发怒前兆，曹力大赶紧收手，狗却怒而不威地站起来抖了抖身上的毛走往远处的地头。曹力大瞅着狗走远，脸色难看起来，他感到了无望，连狗都不能成为他忠实的听众，曹力大起身恶气地咬着牙槽说：“再到我门上讨吃食我非弄死你！”

曹力大晃着长腿走近自己的小院时，日头已将他的身影拉长出十步开外，脑袋印在了门坎上，曹丕的汇款单有点儿虚假不实，心里空落落七上八下的。“小小年纪不念书，只怕将来除了认得钱还认得了什么！”

院子里围了一群人。这是一位老者在说话，无疑是笑话老曹家的日子。

曹丕妈说：“我曹丕在市里机关当文书。可不是你想的那样，他认得的可是天文地理。”

“文书就是写材料的，领导的话都是借写材料的手说出来的。还说曹丕不念书，要念多少书哩，一辈子图啥，你曹家的吃喝都有了。”

“赚钱的本事难学。以前的人谁敢往城里跑，只敢往野地里跑，甭子儿没有，也只管跑，饿不死。往城里跑，不定哪就要花钱，能往回寄钱，那是出息。”

“从小看大，小时候野山野岭的孩，长大了都有出息。”

“念书有啥用，把人都念傻了，你看西岭上王怀玉那娃，说是在北京上大学呢，回家里见了村上的人不上话，见面也不打招呼。念书花了一笔债，听说工作了不往家拿钱还叫怀玉贷款给买房。”

“是哩，不是贷一个俩钱，是五十万，要怀玉命哩。养儿念书有啥用？一辈子使唤不上，只能说是名声在外。”

曹力大开始怀疑曹丕在城市里的工作，莫不是学了个贼？只有贼来钱快。他一点也不喜悦，思路理不清，曹丕似乎真在市里当文书，真与假在心中交缠着，闹腾着，之前在城市里见过曹丕没有都糊涂了，一些情景让他禁不住浮想联翩，他感到自己在田野里，刚锄完一块地，累了，便走到地边的一块小坡上，横放了锄头，坐在上面，他摸出纸烟要周围的人抽，他和大家说曹丕的机关，上一次去市里住的是机关宾馆，宾馆一色儿白，乡下把白当了孝，城市里叫洁白。这些想象让曹力大变得异常敏感而活跃。曹丕在机关当文书的各种场景纷至沓来，同时心里也产生了暖融融的感觉。机关里当文书的曹丕，这个创意让曹力大绝望而又快意，突然有种如释负重的快乐，先前想来思去不得要领的事情全解决了。风声滑过耳际，他看着所有张着嘴说话的人们，心里突然涌起了一个大胆的想法：我不比他们的日子差，我有一个初中没毕业就进机关当文书的儿子，没有一点关系就能进了机关，哈呀，就因为我儿曹丕起了个好名儿，是皇室后裔，我儿曹丕才有今天的舞文弄墨。

曹力大决定过罢年去城市里的机关大院看看，今生也该知道想象中的曹丕生存的环境是个什么样子。因果错置，曹力大想着这些的时候总是冲着树上的鸟打口哨，鸟们也不急，世外桃源般看着曹力大这条贱命在地上来回恍惚。

八

过罢年，出了正二月，定下了出行的日子，就等清明一过下种后。风吹过土地，金属般铿锵的声音，自远而近，曹力大把锄头立在地当央，春风已经温热了，他点了根纸烟，看着身后跟种的曹丕妈，自从知道了曹丕的消息人变得勤快了，见人托小腰，一步三摇，说话底气足，她多么自信，认为只有她才能养出不好好念书就能进机关当了文书的儿。女人，到底是省略了不可能的过程。

种罢地，曹力大换上了出门的西装，找出只有出门时才背的革皮包包，包包里装了曹丕妈一早烙下的葱花饼。本来还想叫带上曹丕留在家里换衣的衣裳，曹力大执意不带。曹丕妈看看天色还早拿了碗冲了两个鸡蛋，破例加了几段葱花，曹力大端起喝了两口，觉得好喝，由不得自己就说：“曹丕龟孙子放着家的福不享。”曹丕妈暗自神伤，一时控制不好嘤嘤地开始哭了。曹力大说：“我还没有和水和盐的缘分尽了，还活着，你这是送我上路哩！”曹丕妈不哭了，掉头在中堂前点了三炷香，曹力大看不惯她这迷信做派，一口倒进嘴里蛋汤，拔脚就出了门。因为太早，山野黑乎乎的，东方的天空有一些青白的光，光把山影的轮廓照得和几头卧狮似的，几只体格很大的蚂蚱跳过他的脚面，曹力大想，乡下真不好，完全没有城市里车辆的鼓噪，就算曹丕在城里活不下去也不能叫他回乡了，回乡让自己没有面子，这回找见他得把丑话说到头。隐隐约约能听到进城等班车的人说话声过来。

“那是曹家营的么？”一股隔夜的口臭飘过来。

曹力大看着来人咧开嘴笑。“哪的？进城？”

灰蒙蒙的脑瓜盖照了一下，看见车灯从远处射过来。一个人吐了一口浓痰。“听说你儿在城里给干部当文书？”

“伺候人，摆不上桌面。”

“说淡话，那是出息。走了谁的后门？”

“前门都找不见还后门。自己找下的。”

“你娃真有出息。捣蛋的娃不能小看，凡是捣蛋的娃，长大了都有出息。”

大家开始讨好地笑，这时候的班车就来了。车上塞满了人，车门打不开，将就开了，等车的人一起往上挤。曹力大拔长脖子往四下里望，“往后挪往后挪！”曹力大发现有几个人他熟悉。正要打招呼，一起上车的人里有人说话了，“曹力大的儿在市里给干部当文书，再过几年人家怕是要小车来小车往了。”熟悉的人里有人朝着曹力大说：“你有几个儿，不就是曹丕一个？”

曹力大说：“一个儿还发愁得头疼，还几个儿，计划生育不给政策。就算给政策，养得起教育不起。”

“你儿啥时候给干部当文书了？我上月还见过你家曹丕，要不就是你曹力大有两个儿。”

话里有话。曹力大不吱声了，脸有些通红地扭往一边，尽量叫别人的身体挡住自己。曹丕在城里做啥？想打听又不敢打听，有些无趣，刚才还喜着一张嘴，现在脸上再都不显示内容了。梦想回到了现实。

班车午后到了市里，车密封不好，灰蒙蒙的脑袋瓜们对进入城市的渴望一时间有了一些骚动，三轮车像一群猴子一样蜂拥而来。曹力大第一个下了车，三轮车集体喊道：大哥，来上我的车，你要去哪？曹力大左掉右扭摆脱他们，躲在班车瞅不见的地方等早上说见过曹丕的人下车。他看见那个人下车后也没坐三轮车，想是奔公交车去了，他一路尾随过去。走出车站才发现城市里比乡下暖和，女人都光了腿。紧着走过去拍了那人的后背一下，那人回头看是一脸殷勤样子的曹力大。

“做啥哩了么，你儿不是在机关做文书？”

曹力大脸像谁抽了巴掌似的难受。

“那不是给自己的脸贴金么。你在啥地方见过曹丕？”

“上个月在市政府门前，我撞见他了，问他做啥，他顾不得回答，收拾一块条幅，被城管撵跑了。”

“那是做啥？”

“反正不像机关里做文书的样子，倒像是告状上访人。”

公交车过来了，那人跳上车，嘴里还交代啥事，一句话少，曹力大脑子实得一句都没听进来。

他招手叫了一辆三轮跳上车，“去市政府。”

蹬三轮的是一个愣头青，“十块。”

曹力大跳下车说：“我拉你，你指路，五块。”

蹬三轮的笑了，没见过这样的主。曹力大夺过三轮叫对方上去，用劲踩了一下力，风一样往前走了。

市政府楼像一双外八字脚，楼前一条大道英雄街，英雄街上没英雄，路两边塑了几个铜像当代劳模。两边的楼靠着天空伸展，街道上人声叽喳，车水马龙。大院里停着许多两头平轿车，像个大停车场似的。门前种了四棵假椰子树，曹力大对这种树陌生得很。市政府就在椰子树后，有几分威严，不仅是楼的威严还有保卫的威严。曹力大的身子僵硬在那里，他不能够进去，高眊低照了半天，保卫过来了，示意他走开。曹力大还算是见过世面，急忙掏出一包来时准备好的烟，急急地撕封条，却又紧张得找不到封口，不经意开了封，又抠不出来，显然又是一个没有见过大世面的人。保卫挡回他的烟示意他走远，曹力大迎上去人家粗鲁地再一次推开他，向他低吼一声：“你一个乡下人，来这地方做啥，走开！”

曹力大不知如何是好，脸上的笑还尴尬在脸上，心里就想着：曹丕啊曹丕，你要是好好念书将来就进这里头，不蒸馍馍蒸（争）口气，把这个保安逮捕了。一辆黑色轿车走过来，保卫走到一边敬礼。曹力大还看到一些往门里走的人，脸上都讪讪的，骨头像松过一样，稀软在旁边，不由得叫曹力大忧怜。这地方引得他怪神秘，四棵椰子树上的果子说青不紫地挂着，太阳底下照着新鲜事，如今不念书的曹丕这辈子是进不了这地方了。一阵伤感袭来，能进了这地方都是额头高过常人的人，乡下人天生是低头走野路的货，没有几代人蚂蚁啃骨头的努力，在这地方连脚踪都不会叫你留下。半截燃尽的香烟烧了他的手一下，腿脚在这地方变得不利索了，一时有些无趣，只好调转身沿着英雄街漫无目的地走，他觉得自己像去冬一片干瘪的树叶，被风吹进了城市，由着风推攘着，找不到落脚的地方。走到天黑，曹力大累了，想找个地方坐下来歇会儿，繁华的大街上却找不到一处可供他稍息的地方，四处都显得很时髦，都在流动，急慌慌的，都是不想停顿下来的人。一边走一边想，今夜再不敢住宾馆了，有些好见好就是了，那是要烧钱哩。城市里住是个问题，乡下哪里都能宿。他抬头时看到一个站牌，那站牌上的字简单，他熟悉，是去火车站。火车站不就是乡下的牲口棚么，对就住火车站了。

曹力大在火车站的小摊前买了五个烧饼一瓶矿泉水。进了候车室，人声嘈杂，他看到大部分人站着说话，有座位的人半眯着眼睛，萎在座位上。既然找不下座位只好找缝隙站着。突然又拥进来许多人，进来想再出去都难，身子被人固定了，左拥一下，右拥一下，浓烈的混杂着狐臭味的汗酸气铺天盖地就埋葬了曹力大。他打听周边的人，知道夜里十点有一趟往北京的过路车，火车过后会松下来，于是便耐心等着。近十点时，铃声开始响，人哗地一下全挤往进站口，曹力大嘻着脸看马蜂一样挤在一起的人，瞅着空出来的位子挤过去。去往北京的人进站后，候车室还有好多人，这些人是这座城市里过客，和曹力大一样夜里宿在这里。

夜的气流悄无声息地趟过来，曹力大把皮革包包往怀里抄了抄，想起来还有葱花饼，拉开拉链大口吃起来。一边吃一边想上一次进城，脸上像谁抽了一巴掌似的很难受。抬了一下屁股掉了一下身，脸朝着靠背，不过也还是享了一次福，知道了城市里“鸡”的味道。如果说曹丕的出走让他平静的日子里落进了一颗炮弹，那么他进城的结果就是炮弹炸了。他随口应对曹丕在城市机关当文书的话，叫他一辈子的梦想有了阴影。对曹丕的期盼如今是个迷，过去的，现在的在他的心中绞缠着，闹腾着，找不到头绪，看不清走向，这次来是否也向上次一样无功而返不得而知。想着想着，瞌睡就来了。

天快亮时有人捅醒了曹力大，醒来时看到候车室又挤满了人，顿时明白火车又要来了。行李混合着人体汗味的臭气，年幼的孩子哭闹声，这时候他想起了人一旦有了钱这日子和那日子是不能比较的，他又续接上了昨夜想的事情，很是为自己开脱，如果不是经历过怎么能懂得这世道的行情。

天亮后走出广场，没有建筑物遮挡的时候才发现天气出奇的好。

站在广场中央发呆的时候，曹力大突然发现有一个人在远处引长脖子望他，而且他还发现那个望他的人有点眼熟，似乎某点愣头的样子和自己很相似，一刹那脑子没有转过弯来，决定找一个摊位吃口饭。他马上反应过来了，为什么那个人和自己很相似？于是他向那个人奔去。噢，是曹丕。更远处一个汉子冲这边叫着："曹力大，这里就不错。"

在这陌生地方居然还有人知道他曹力大，他没有胆量答应对方，明显感觉到对方是在叫另一个人。

曹力大喊："曹丕，难道曹丕叫曹力大？你站下，我是你爸曹力大！"

曹丕躲了一下曹力大的眼睛，看着李明孩，李明孩觉得有意思，居然有人长得和自己的徒弟很相似，只是显得老熟一些。刚吃过油条，擦着嘴上的油正要叫曹力大，曹丕喊道："师父，我见了我爸，你容我和他说几句话。"

李明孩问："你爸？湿的，还是干的？"

湿是亲爸，干是继父，可明明长得一个模子嘛？曹丕想解释什么，根本就没办法解释，再撒谎是给自己寻事呢，头上一层虚汗突突往出冒。走近李明孩："师父，你不要为难我，放我一天假，这个世上我跟他是父子关系，我得认这一层关系。"李明孩说："我瞅你是通过他传宗接代更新出来的曹家后人，不过有些矛盾，他不该叫曹力大。"曹丕瞟了一眼曹力大，回头肯定地和李明孩说："他就是曹力大，我妈从来没有离过婚。"曹丕说罢眼睛翻到高处，李明孩看到曹丕的眼睛似乎泛出了一些潮湿，有一疙瘩云飘过来在天空压得很低，好像是直压李明孩心头一样，他一把抱住曹丕说："他叫你念书是对的，书上的文字是叫你做人哩，你跟了师父流浪，说到底只能是流浪江湖。江湖太大了，险山恶水，你跟了我一辈子没啥出息，他要领你走，你晚上就不要回家见我，恨你多一些，念叨

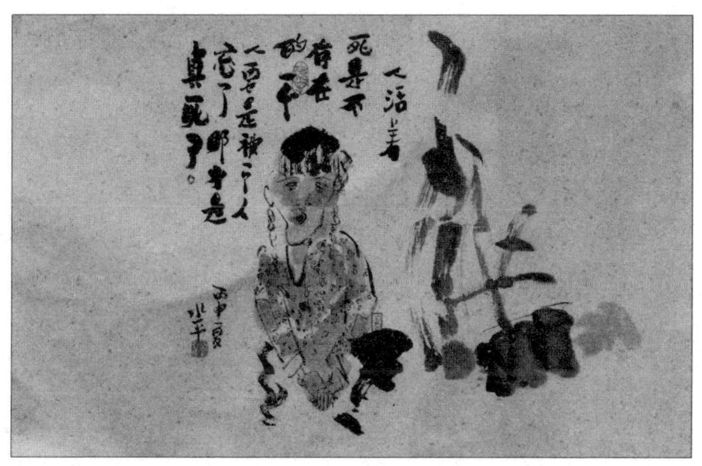

《人活着死是不存在的……》　葛水平作

起来会好受些。”

曹丕低下头用劲吸了一下鼻涕，脚跟前一个矿泉水瓶子，他用脚踢了一下，裤子因了个子往高长短了，露出一截子黑瘦如铁的脚腕儿。曹力大看得真切，他掏出烟想给抱住曹丕的人发烟，然而那一截脚腕儿刺激了他，他同时看到了曹丕龟裂的嘴唇上，一缕鼻涕挂了很长，那个鼓起饱满的二头肌的人抹了一下曹丕的嘴，很轻巧地把那鼻涕抹在自己的裤腰上，这个动作弄得曹力大的思维杂乱不堪。他看到曹丕冲着自己走过来。

曹力大说：“谁借了你胆，拍屁股一走了事。看你过的叫啥日子，跟我回家，念书还来得及。”一大群汗味的人挤往车站，他们脚步凌乱地叩击着城市的早晨，从他们父子身边走过时推攘着他们，回头去看李明孩已不知去了哪里。广场四下一些卖早点的摊位飘过来一股恶恶的油腻味，油条豆浆，小米稠饭，糊辣汤，鸡蛋方便面，麻酱灌饼，一片片腐烂的菠菜叶子被丢弃在彩色瓷砖的地上。

曹丕说：“我不回去念书，念不进去。”

曹力大想吼，发现城市里的噪声压住了他的暴躁，假如曹丕从这地方再一次消失，他唯一的儿，在这个世上不能因他的暴躁断了牵挂，手心里淌出了冰凉的汗，他尽量压制住自己的急促，笑了一下，“你妈想你心脏病犯了。”

曹丕一怔后也笑了一下，走出的这两年里有些东西曾扯断了他对家的怀想。一个年轻的裸背的女人从他们父子身边走过，她皮肤白嫩，身材婀娜，她的颈肩部纹了一只蝴蝶，像一阵风再一次湿滑了曹丕的眼睛。看着那个女人的背影在人群中不见了，才想起妈的心脏病犯了。“我妈严重不？”曹力大又笑了一下，两排黑黄的牙上挂着昨晚葱花饼里的韭菜，“严重得还没有要命。”曹丕别转脸，“找个饭店吃饭去。”

曹力大跟了曹丕走，曹丕突然焦躁了，他的口袋里没有一分钱，刚才的早点是李明孩掏钱，一早出门是要赚足一天的钱才要回家，口袋里不装一分钱，这也是李明孩定下的规矩，这样可加大度日糊口的力度。曹丕知道自己不能说没有装钱，曹力大会小瞧他，小瞧他在城市里不安逸。同样也不能花曹力大的钱，那样曹力大会更瞧不起他。庆幸简易的家当还在身上背着。

曹丕看见什么笑了，原来是一个矮个黑瘦的乡下人，他坐在地当央，脸前的地上铺着一块烂布放着一堆小玩意，有几枚石印，几个似乎想买的人蹲在那里挑拣着看。只见黑瘦的摆摊人从怀窝里掏出一个布包，蓝色的布上污着点点斑斑的墨迹，揭开最里一层油纸里面是两个通体浑黑的把玩件，阳光在这墨黑样的宝贝上亮亮地流动。曹丕放开声音说：“啊，这不是玉，这是煤精石，在煤的深处，有上亿年才能形成，我听我大学里的老师讲过，这么大的个儿少见，得上万块。爸你有钱就买了它，能卖大价钱呢。”周围的人就看曹丕，曹丕蹲下拿起有点爱不释手，与他的穿着打扮，与他的年龄什么都不符，这惊乍的喊叫让咫尺之外的曹力大恍惚了，曹丕啥时候上过大学？有几个人开始问价钱，曹丕手里握着不舍得丢开，围着的人开始多了，四下里悬着的心就开始活动了，黑瘦的人开始讲故事，那故事讲得颇叫人掉泪，一个人开始掏钱买走一块，另一个人也开始掏钱买走另一块，曹丕眼巴巴的盯着买走的主，没有四下张望，很惋惜地抬起头看曹力大，“走吧，叫人买走了，怪可惜。”曹力大不明就里地跟了曹丕走，走出人群，思忖着曹丕上大学的事，满头雾水，父子关系变得好像陌生了，相生相连的经脉哪里要断了，这是咋的了？日头照着身上，心里漫过一阵阵燥热，身上头上汗津津的，感觉自己失去了重量。

曹丕领着曹力大经过高楼林立、色彩纷呈的街市时，有几次他看到曹力大想说话，曹丕先说了：“这是最繁华的南街，爸你看看，在城里，只有你想不到的，没有你见不到的。”曹力大还是想说话。“曹丕，你到底在城市里做啥？”“反正在城市饿不死。”曹力大这下有点憋不住了，“你以为是乡下，你娘能生你，城市里可不会生钱，饿不死？人一辈子就为了饿不死就算是理想了！”

这哪里是当爹说下的话，对人一点都不信任。曹丕想，反正我口袋里没钱，说这句话得为他自己的肚子负责任。曹丕心安理得领着曹力大转城市，转到他脑子空了无力风凉我，好再表演一下赚钱的手段，让他知道生活不仅仅是读书和种地。转啊转啊的，曹丕就这样领着曹力大不停走不停介绍，走过电影院，走过超市，走过学校，走上天桥又走下来，遇见一个裸出两条长腿的女人，曹丕盯着人家看，一丝微妙的闪念，一种复杂的感觉。被曹力大斜睨的眼捕捉到了，曹力大想，王八羔子快和我一样了。

曹力大被城市的街景搞得晕头转向，一个上午展现在他眼前的都是人，形形色色的人，路上填满了车辆，大车小辆，都争相拥挤，肠胃咕咕咕咕叫着，热面条般挂满街道的车流人流让曹力大觉得太乱了，乱得和浆糊一样稠。曹丕连水都不买一瓶，他的火气跟着冲上了脑袋，眼睛红，嘴唇干，步伐快，像拧着什么似的，终于忍不住了，“曹丕，你爸我是饿得前心贴后脊梁了！”

曹丕的前方就是这座城市里最繁华的广场。原来地面上遮挡着围栏，拆除了，对天气的热有感应的人们坐在围栏拆除后剩下的水泥墩子上，这正是曹丕想要的效果。曹丕说：“爸，我是想叫你看看城市。为啥人都想进城，因为城市叽叽喳喳热闹。你现在坐下歇着，一会儿工夫我请你吃过油肉。”

曹力大紧走两步上前抓住曹丕的胳膊，“你跟我回家念书去，不吃你饭了，瞅你现在的样子，你本来是社会主义的苗，现在你和草一样长荒了知道不知道？”

曹丕说：“你不是想知道我怎么赚钱么，我这就赚给你看！社会主义的草和苗都是为了将来能赚钱！”

只见曹丕拣了一处开阔的地方，从提包里拿出一块白布铺在地上。白布上写着，“祖传秘方，专治溃疡，三副见效，五副除根。”还画着人体阴阳八卦图之类的图画。曹丕从包包里掏出一把小铜锣咣咣一敲，不一会儿就招来一堆闲人围观。曹丕把上衣脱掉，露出正在发育的强健的肌肉，一边敲锣一边开始表演：“老少爷儿们，大哥大姐们，俺家十代行医，专治疑难杂症，俺祖爷爷是清朝乾隆宫里的御医，乾隆当年下江南时的专职陪同。今天带来的是专治胃溃疡的神药，有钱的留点钱捧场，没钱的免费赠送，五块钱十包，十块钱二十包，二十块钱五十包。人到世上谁不愿肠胃像这街道一样宽展，肠胃不好五脏容易出毛病，身体出了毛病一辈子该享福的事全都米汤一样稀饭了……”

一帮闲人，插着裤口袋，叼着纸烟，三三两两或蹲或站，一袋袋纸包包忽悠着那些清醒着的，混乱着的，也难受着的人不由得掏出纸币来买。也有帮腔的，“这药管事哩，烧心吃了不烧心。在别的地儿我见卖过。”看似钱不多，不用考虑消费支出，也就是十块二十块，现在的人吃得好，容易肠胃不好，见了肠胃药虽然有些犹豫药效，毕竟也想抱着试试的态度大都还是掏钱买了。

前后一个多小时，收摊检点。曹丕走过来举着一沓钱嘿嘿一笑说：“咋样？爸，一百块到手，顶你秋天二百斤玉茭。”

曹力大一时没有翻转过来，刚才只顾张嘴看，看得也投入，也没想那是自己的儿，看着收摊后的曹丕，他醒过来了：“真是药？”曹丕拉着曹力大走，边走边说：“是碱面，少吃一点健胃。”

曹力大彻底清醒了，曹丕赚钱的快乐抵消不了他的难过，儿的嘴里完全不会说真话了，他老曹家的祖宗就算是个农民也不能是个卖假药的？！

九

天气晴朗，城市里的嘈杂声继续泛滥。曹力大不知自己是怎么就着潞酒吃下过油肉的，和曹丕分手后曹丕怎么消失的，一概不记得了。他看见两个城管撵着摆摊的小贩跑，筋疲力尽，自己也跟着跑，跑了一阵子还在喧嚣的城市里。这城市隔着一层东西，透心彻骨的不解，有摘心去肝的痛。城市里究竟有一种什么东西叫人上瘾？为啥，他养大的儿，来世上要来熬他的性子？总归要熬走他的命啊！回去怎么和乡里人说自己的儿在城市里卖假药？说不出口哇！曹家营哪家的儿子咱敢和人家比，不怕不知道就怕一比较，说不出口，于自己的设想太有差距了。坐在城市的花坛边回想午饭后，他是努力压住火把自己的话说出来的，他说："你要还在这个城市卖假药，就当我这一辈子没生儿，你是抱下人家的种，我曹力大天生没生儿的功能！"曹丕红着脸说："放心，曹力大，车到山前必有路，有路就有我走的路！"曹丕就这样甩手走了，他的儿，居然敢喊他的名字，他已经不是曹丕的对手了。城市里教一个人学坏教得够彻底，比他妈的网络还厉害！曹力大又站起来走，走得踉跄，难过，恶心。

依旧想不通，念书的年华怎么就不念书呢？你不念书让我一辈子脱离不开苦海啊，怎么就不能做个人里头的人呢？都是不念书的结果哇！曹力大想哭，想到世界上最负责任的父亲是什么样子？咱也好去找找人家讨些说法。城市把人学得尽是假话，是城里的结果呢，还是养育的结果？想得心口难受时曹力大干呕一声，急忙找着一块草坪蹲下去吐，中午的过油肉吐尽了，长出一口气，又长出一口气，他是一点奈何都没有了。回家，只能回家。

曹丕回到租住屋子里，他看到李明孩一个人独坐着，屋子里一股呛人的烟味。李明孩看了一眼曹丕，一种锥心的疼，他想站起来，是什么让他麻木而迟钝了，他试了几次站不起来。这是一件密不透风的地下室，汗味，臭袜子味，烟味，食物的味道，混杂在一起。简易的两张床上堆着脏黑的被子，地上扔着几双变形的皮鞋，一些易拉罐饮料立在墙角，几只坏粮食生出的蛾子飞上飞下，窗外的车从头顶上隆隆开过。这就是城市里下等人的生活场所。那混杂的味道无可节制地散发出奇怪的情绪。曹丕扑通一下跪在了李明孩跟前，脸憋得通红，双手交叉放在胸前“哇”一声哭了。李明孩也哭了。两个人不动就这么哭，哭得呼天抢地，哭得左上方的一扇小窗的玻璃“呼掀呼掀”响。他们的哭惊动不了任何人。

李明孩突然说：“不哭了。哭不来钱！”

曹丕一下激动无比。曹丕说：“钱钱钱，就知道赚钱，从此我不卖假药了，我想学个手艺。我管不住自己，在车站见着黑皮了我做了他的托，我说我上大学，我看到曹力大看不起我的眼神。我在广场卖药，我吆喝，他起初傻张着嘴看，我以为他欣赏我，他还是瞧不起我，我的这张嘴，可是我为什么要做那样的事让他讨厌我呢？他有一天要死，在这个世上我得活着，我一想到我得活着，我没有理由不叫我的嘴说话，是你教我的师父，为什么那么多的人说假话都是真话呢？”

曹丕站起来合手拍死了一只飞翔的蛾子，蛾子倏倏地落在了地上。

李明孩看着曹丕说：“人这一辈子有多少真话说？你回家

念书吧。”

曹丕不能再回去念书了，他不喜欢被太阳烤得板结的地，不喜欢老师在课堂上那种拿腔做调讲课的样子，不喜欢下雨天村庄散发出来的猪粪味，不喜欢狗伸出舌头的丑样，不喜欢妈把头浸在河里用猪油做下的香胰子洗头的腻，不喜欢曹力大见了老师那低三下四的样子，不喜欢日头醉唧唧照着劳动人的影子，他不喜欢农村的物事太多了。念书已经大势已去，我怎么才能给老曹家扬名呢？曹丕背对着李明孩想这些事情，脸对着墙，墙让他不快乐，他伸出拳头捣上去，一下两下三下，活个人咋这么累？他瘫倒在了墙角下。

李明孩第一次看到曹丕这样发火，“明天去找手艺，你想学啥都行，我卖假药供你。我横竖就这样了，你学，学做一个人上人不说假话。”停顿了一下又说：“可啥叫人上人呢？咱没有背景和人家有背景的人是天上地下的差别啊！”

曹丕紧紧盯着左上方那一小方窗户，两只深陷的眼窝搁着两粒儿晶莹的泪珠，用劲挤一下，泪像虫子一样在脸上拱。选择道路。从现在开始曹丕也要选择道路了，哭有什么用呢？对这个世界撒谎的开始，就已经误入歧途。

李明孩用酒精炉煮挂面，像往常一样，外出的人都回来了，看着大家嘻嘻哈哈的议论一天发生的事情，曹丕始终不说话。

黑皮说：“你的话为啥突然少了？今天你帮了我大忙，我得给你提成。”

曹丕突然的一阵恐慌，盯着所有的人喊：“都滚出去，我讨厌你们假模假样装腔作势的样子！”

大家莫名其妙地看着曹丕，李明孩要他们各自回到自己的地下室住处去。大家退出去后，曹丕倒头蒙上了被子。

这一夜曹丕和李明孩都没睡，一会儿兴奋，一会儿难过。曹丕突然觉得自己长大了，身上有股天不怕地不怕的狠劲儿，“一辈子要苦出个名堂来，要紧是得有狠劲，我和曹力大一样有一身力气，我不能过叫花子日子，耍官家脾气，我拿力气在城市里找手艺，我不相信我活不出个人样。”

李明孩翻了个身说：“曹力大，啊不，曹丕，我独柴难烧，独人难活，老天可怜我呢，把你给了我，我这辈子，凡是叫花子的事都由我来做。”

这一夜不是父子的父子俩聊得很晚，设想了很多，也畅想了很多，独独的没有想到后来曹丕从事的生意。

曹丕的后来。

三年后的一个春天，铺天盖地的黄风起了，把天地刮得浑浑噩噩，蒙蒙浊浊，天日不见，乡干部冒着黄风来到曹家营。乡长王刚进了曹力大的屋子嘘寒问暖了一阵子，这无来由的问候让曹力大吃不消也吃不准。曹力大佝偻着脊背忙着递烟紧着叫曹丕妈倒水。王刚乡长用手摔打着头发上的黄沙土看着黑糊糊的屋子，叫通讯员从车上拿下两袋子丝绵被送进来。这件事的直接后果是让曹力大的腿软了，惊讶得汗珠子都要从头发里往出滚。

曹力大说：“王乡长，这是咋的了？咋好好送这？这曹家营的都送呢还是就我一家？”

王刚乡长说：“你们曹丕给乡里做大贡献了，县里的三干会他主动给会上演出，那是风光啊，把书记县长看得是哈哈大笑，不时地竖拇指，说咱乡里外出的人不忘家乡父老，这就是干群关系搞得好嘛。我来，一是慰问曹丕的父母，二是要二位转告回乡的曹丕，我来看过你们，来替曹丕关心你们二位的生活。”

曹力大癔症了一下，曹丕？三年没见过的儿，在曹家营他因了这个儿头都仰不直。曹丕妈上前拉住王刚乡长的手，“乡长啊，你快快地说，我家曹丕他，他到底做啥职业，我们老曹家连村支书都不照面，你来是因为啥？”

王刚乡长疑惑了：“你们连你们的儿曹丕做啥职业都不知道？不可能吧？你们的儿曹丕那是有出息啊，带团，杂技团的团长。”

从王刚乡长嘴里抠出来的话叫曹力大吃惊不小，杂技他们还是知道的，那不是杂耍，是功夫，三年里一个人就算是有神助怕也不能练出杂技功夫，何况还当团长？

这时候村长也来了，村百姓也都围进院子里。王刚乡长就和曹家营的留守村民说，“三月十五的乡里庙会，曹丕的团来，大家都去看啊，你们曹家营出人才了，不远的将来曹力大就要进城了，怎么会住这样的房子呢。”

曹家营的人好奇了，大多不以为然，笑笑，笑成怜悯，曹力大看得出来。

曹力大心中忐忑不安，和尚打坐似的用手捶自己的头。曹家营的人就笑话曹力大欺瞒得这么好。乡长站起来看房子，曹力大也紧着站起来，这其实是乡长要走的信号。村长和村干部就送乡长出门，乡长一边走一边打着官腔说：“今年是个好年景，一场黄风怕是要引来一场雨了。雨来了好哇，咱老百姓的口粮地要丰收了！”村干部哈哈地打着哈哈，这同夏天的百花在冬天凋零一个道理，“咱老百姓”，觉得并不全是真心话，有水分在里面。

曹力大紧着横晃到乡长的车跟前，眼睛亮亮的，呲着一口黄牙，说：“都是托了乡长的福，你是好领导，好公仆。”

有一个半大孩子“嘁”的一声叫了一声：“神经。”

曹力大冲着那孩子小声说：“你这号人，将来有你哭的时候！”一副过来人的有经验样子。不忘看着乡长颠呵颠呵的笑，乡长和大伙握了手，上车车窗没见摇下来，这让曹家营的人有些失落。曹力大抬着手跟了村长晃着手和轿车的尾气再见，车走得不见影，他还难为情地望着那一股尘土笑。曹家营的人开始另眼看曹力大，他自己也觉得，群众的眼神有多么重要。人在世上活着，恐怕就是来看旁人的眼神来了，由远及近的眼神晃着亮，和以往真是两样光景。曹力大想宣布点什么，可他真是什么也不知道，不能犯三年前的错误了。人的节气就这样准时，曹丕当团长了？他曹家的儿，他不敢把时光抛向记忆深处。不过现在，他认为不是梦，乡长是多么势利的一个人，能放下架子来曹家营，那不是说说算了的事，是有来由的。曹力大突然就觉得自己高人一等了，那个高让他听到了风在半空伸腰展腿的吵闹声。他大步的越过村长，敢超过村长，就是明确地告诉曹家营的人们，曹力大从现在开始也要打喷嚏了，不再是曹家营的一个冷笑话！

曹力大回到屋子里，屋子一下空了，比平常显得更空。晚上坐在屋檐下，霄汉吊挂着那月亮不大也不圆，但贼亮，像挂在头顶的矿灯。春风就是春风，已经不像冬日里那样觉得寒冷，夜色下可以把手从袖筒里伸出来，贴地的蔓草也舒醒了，有一两只小虫子落在曹力大的鼻尖上，他不动，眼睛睨着鼻尖，虫子散发出一股腥灰气息，不停地端详，鼻尖痒痒的。伸长一条腿又伸长另一条腿，那小家伙痒得他皮肉疏松。曹丕妈看着他的样子，说："你神经啥呢？"他吭哧着手指着鼻尖，曹丕妈过来煽惑了他一下，那虫子被风掀走了。

真是舒坦啊，清明就要来了，庄稼该下种了。曹力大说："你说咱的日子因了我的儿要改观了吗？"

曹丕妈就恶恶地说："叫你三年不去见娃，娃长骨气了。插一根柳当年还发芽，三年我儿曹丕是咋度过来的？不要瞧曹丕长得随你，可性子随我，有钢骨气！"曹力大听罢，一个挺子站起身，倒剪着双手，仰起头在院子里的月影下徘徊，想城市的路灯耸起后街道上走过的人群，大车小辆连成一片的流动，那就叫城市。应该也叫曹丕妈进城市里开开眼，不要光想城市是纸扎的布景，也该领略一下城市的热闹。天空的云团一下聚住了，慢慢的月儿扒着云缝射出来，曹力大仰着脸喊："曹丕他妈，曹家要翻身了！"

三月十五，乡里庙会，街道上做生意的人都在搭棚子，曹丕的杂技团来了。一辆敞篷车，车身子喷绘得花花绿绿，曹丕的这次回乡与春天有直接关系，时节是大规律，清明还没有过，土地闲着，朴素的生活让厚道的乡下人迟缓在对曹丕的期待中。因了不是唱戏，杂技让年轻人也充满了好奇。亲戚朋友，街坊邻居相互转告着要去看看曹丕耍的杂技。曹力大一再给他们强调，是曹丕的团，不是曹丕耍的杂技。乡里的舞台，原先演戏要挂大幕二幕，演杂技简单要的是个敞亮，就一道大幕。戏台两边飘着两个大红气球，像井口那么大，用比拇指还粗的绳系着，气球下挂着大幅标语，一条写着：游子归来为家乡父母无偿演出；另一条写着：爹娘养育情是儿女的都懂孝敬。

曹力大一直亢奋着，曹丕的成才，由此而形成的变化让他受之不尽，心在春天里回忆春天，曹丕真是叫他脸上有光了。舞台上的曹丕在人群中发现了他的爸妈，曹丕想哭，李明孩在一旁拽了他一下，自己跑下台去招呼曹力大。曹丕看到李明孩安顿父母坐下后正眉飞色舞讲啥哩。

讲啥哩，李明孩讲曹丕创业的故事哩。李明孩说，这几年，曹丕拜了一位师父，学了一身硬气功，招了几个徒弟，拉起一个杂技团。曹力大一脸狐疑。李明孩就从腋下夹着的包包里取出一枚公章要曹力大看。曹力大要曹丕妈看。这绝对是中国历史上独一无二的公章，因为通常情况下公章的中央都是一颗五角星，而曹丕杂技团公章的中间却刻着曹丕二字，是公私章兼用。曹丕妈说，这公章不规范。李明孩说，不这样，演出完毕没法取钱。这是拿曹丕的名字备案哩。这真是，奇离古怪的年头，什么奇离古怪的事情都可能发生。演出开始了，大家静静的看杂技表演，轮到曹丕时，曹丕的节目让人更是惊心动魄：一块石碑压在肚子上，上面站十个人。又摞十个人。起身后一把大砍刀使劲朝肚子上砍，明晃晃的钢刀，曹丕妈吓得猫腰低下头双手捏着曹力大的大腿板不动。那一晚，曹丕卯足了劲，要在家乡父老面前露一手。本事，这就是曹丕的本事。

曹力大看演出看得是热血沸腾，他的儿面对那个压在身上的石头，一发力，来了个牯牛犁地把石头翻了个身举起。后生可畏，台子下的人喊着，那是曹力大的儿，那不亏是曹力大的儿！盘古开天第一遭，就听那“曹力大的儿”曹力大都产生了一种自豪感。曹丕妈一晚上手脚拘谨得捏着一把汗，只到曹丕把自己的节目表演完，曹丕站在台上讲了谢幕词，乡长送了花篮，走散的人走得没有影踪了，曹丕妈手心里的汗还留着。

十

多少年后，只有李明孩知道这是他策划的一场戏。曹丕和杂技团签下了合约，曹丕的两场演出和曹丕的团长职务是要曹丕三年不挣一分钱工资来还，一切都是为了人在人世间的一双眼睛，改变曹丕，塑造曹丕，李明孩得帮助曹丕提着头发往高拔，但仍然说不上是曹丕将来的成败。

那头驴

《生欢喜心　往清凉境》　葛水平作

一

山神凹葛起富家的窑脸前有一棵榆树，小腿肚子粗细。在层层叠叠的青绿山峰下，这棵榆树显得很细小，很不入人眼。

葛起富在窑门槛上咬着烟袋嘴看门前的这棵榆树，看它把四季铺展得很有味儿。那味儿不是榆树的味儿，榆树说到死，也就是一根木头。是树身子上拴着的一头老驴，积累了葛起富的尘梦，日日里造就了动态的画面，让岁月深处的孤单寂寞减少了几分，如此，就把庄稼人葛起富的日子打发得简朴有味儿了。

葛起富的驴一身灰毛，四条白腿。年轻时驴的四条白腿像抹过发蜡似的，打老远看过去，亮晃晃地闪着光，年老了，和人一样，再精滑的皮肤也要打皱，也要脱色儿。老驴的毛色入了岁月了，随着时间变黯淡了，打老远再看过来，驴和窑墙的土坯一样，眼睛不好使唤的还以为是云彩投下的影子。

驴是葛起富家的劳力，被看得很重。没有农活做的日子，白天驴跟了羊上山一起放，山头上的世界明净，驴一身轻松。晚上牵回来和人畜在窑洞，人回窑没，没人多问，驴没回窑，那是不敢含糊的事。窑洞常年累月弥漫着驴屎味儿，对驴那种脾气，那种感情，那味儿弥漫着，葛起富才叫踏实。那时候山里人不知道有空气清新一说，只能是白天点了艾草熏熏，驱臭，也驱蚊子。有时候去除得那臊气儿过了，葛起富反倒不自在。心里装了驴，没了驴的味儿，这日子过得便没有颜色了。

葛起富看中驴，只要和驴沾边的事儿，情感便浮着融融的湿气，不恼不怒不烦，暗自遐想。就算人家不提驴，他也逼着自己让人家要他和驴套近乎。因为一件针孔大的事儿，和窑垴上的住户何丙聚吵架，丙聚老婆耍泼似的站在窑垴上指着崖下的葛起富骂：

“你天生是一个驴日的畜生东西！”

庄稼人葛起富不恼，不答话，回头叼着旱烟锅子看驴，对驴露出一脸献媚的奸笑。

二

有一年八月的一天，有很好的阳光，小队会计要他出山给队部驮煤。葛起富乐得这个差事，给驴备了料，要老伴烤了烧饼，第二天牵了驴沿着一条蜿蜒有致的土路出山了。路过山外的蒲沟村，看到灿若烟霞的村庄，女人们迈着八字脚板在村街上游来摆去的，靠墙根上几位活得很长，也活得困顿的老头儿，拿着拐棍点着地要葛起富停下来，嗑嗑话。葛起富看到驴的蹄脚放慢了，心痒得就也想，歇个脚，拉会儿话，不误正事就是了。蒲沟村的秋天，粮食熟透了，还没到收割的天气，人闲得无法排解眼热心焦的等待，看到葛起富牵着驴走来，就有人打了驴的主意，跟着就有人上前拉上了话，葛起富也就腿酥脚软得找了个借口，牵着驴，拐进了亲戚家。

大远处看到亲戚在门窟窿前站着，他就喊上了："路过不进来看看你吧，怕过后你知道了落话把儿。今年的秋粮，开春雨水足，长好了，该会有好的收成。"

驴拴在院子外面的碾滚子上，看着亲戚呲着牙迎过来说："哪阵风把你吹来了？稀客呀。"

葛起富也呲着牙走过去说："风吹不吹吧，就想进来问问你蒲沟庄稼长势。"

进了屋子客套了几句，开始等着吃人家一碗面，时间就等长了。蒲沟的几个赖蛋小后生瞅着这个空当，松了挽驴的缰绳牵了驴和蒲沟村一个叫广续家的公马去交配。等葛起富知道时，马已经架在了驴脊上。能把马架到驴脊上那也是费了一番功夫的，说明事情已经发展了很长一段时间。葛起富一碗面还没吃到肚里。有人在外面喊他看西洋景去。还想着等面，看了看锅刚添了水等开锅，小煤火烧得也不旺，也就跟了人去看。

亲戚冲着他的后影喊，“快去快回啊，锅开了，三两滚，面霎时就好。”

葛起富说：“看看你蒲沟有什么西洋景。吃了你的，喝了你的，捎带看了你的，怕以后你嫌弃我呢。”

打远处看到两头畜生，耳鬓厮磨两情缱绻，像架起来的两捆松柴，葛起富浑身打了个激灵，听着蒲沟人叫着：“葛起富，葛起富！”他是说啥也不信。等看清楚了，心一下就被什么掏空了，嘴里发出失重的尖利之声，脸膛紫黑，像个女人似的双膝跪地，双手拍土，祖宗八代开骂了。

蒲沟村人一下被葛起富的叫骂声弄得雀跃了，都来看。男人的眼睛在两头畜生身上只一瞥，便扭头去梭巡女人的脸，而孩子们就不安分了，挥着棍儿要去冲散刚成事的两头畜生，女人紧紧拉住了孩子们的胳臂，不让他们向两头畜生跟前走，怕它们疯在兴头上撂蹶子伤了人。

在乡下，牲口的事情大都是由专业人士来配合畜生做，年壮的牲口做这事是欢喜，年老了，不是个正经年龄了，做这事是要叫人笑话的。况且葛起富是出山驮煤，这事等于把驮煤的事耽搁了。人们欢喜难忍，“葛起富，葛起富！”叫着，声音后面有一种暧昧，是把葛起富当胯下的驴了。

葛起富骂广续的马，骂马不得好死，骂蒲沟人眼珠子蛇毒，欺负凹里的人，拿驴来出气。骂到兴致处，跳起来，屁股上还粘着一团马屎，指着蒲沟人叫：

“有你们蒲沟人的好日子，日子是在过人，不是人在过日子，红花儿大日头你们糟蹋我的驴，天不会单独为你蒲沟人出一次日头，等着瞧吧，有你蒲沟人的刮风阴雨天！等着瞧吧……”

半天后，也说不清楚等着瞧啥？接下来发狠誓说，这辈子再也不从你蒲沟走，我走蒲沟，我是驴！

一碗面没吃，涨了一肚子气，用力把最后一句誓说出口，嘴唇和眉头蹙起一褶一褶的皱纹，亲戚也没打招呼，黑着脸，在笑声中牵着驴离开蒲沟，看看日头，窝着气返回了山神凹。

葛起富养了这头驴，因为把它当了一等一的好劳力用，二八月是好时候，也正是农忙季节，从没有舍得要这头驴给自己下驹子，疼闺女似的疼。这驴到老，过了生养期了，蒲沟人弄出这号事来丢葛起富的脸。小队会计仗着是个领导劈头盖脸给了一顿骂。他是有气无处出，见人就说，“人要是变了身份，就像地里下了化肥一样，一下就尿高了。”他的气在肚子里团着上不来也下不去，多日不散，脸黑得和穿过的鞋底子似的。

九月份，正是农忙季节，葛起富赶了驴往回驮玉茭、谷、高粱、山药蛋和红苕。葛起富恨这头老驴，似乎被人算计和耻辱有关，不仅让他自己颜面丢尽，还牵扯出了政治事件。山山岭岭沟沟坎坎上住着的人，一提起山神凹人来，就说到了这件事，这件带着色情想象的事，让平静得失去常态的人们异常亢奋。葛起富赶着驴，反复想这件事情的利害关系，激动时指着驴说：“你说，老了就得像老了的样子，咱是出山驮煤，不是叫你出去找对象，啥年龄说啥事，你叫人算计了，你是老闺女啦，该背着人做下的事，你却叫人家光明正大你啦！糟蹋你就等于是叫人糟蹋我葛起富。以往，怕你老了，使不下劲了，疼你，倒好，现在，我怕你个蛋，你给我下了死力气受！”一回驮两筐玉茭不算，驴脊上再竖一筐。

这事情经过不同场合描述，细节上略有出入，就有些走形了。把驴身上发生的事情影射到人身上了，说起来也不是什么大事：葛起富到底老了，老得没脸了，调戏人家蒲沟的妇女。

舌头稀软得把驴事弄成人事了。

夜里，葛起富的老伴就指着窑洞里的盆盆罐罐骂，指着梁上吊着的玉茭穗穗骂，眼到嘴到，看见什么骂什么，独不骂老驴和葛起富，不被骂的，反倒觉得身上的皮是麻紧麻紧的冷。

三

歇一天，出山放羊，葛起富把自己的孙孙大毛蛋架在驴脊上。

寂静的午后，胯下的驴踏起阳光下的尘土，羊群在温暖睡意中被镀上了薄金，松树的针叶从大毛蛋脸上抚过，就看见腐植的泥土透出的松菇，朗晴的，满目皆是圆润的黄。大毛蛋要下去采，葛起富不让下，自己弯腰替孙子给儿媳妇采，要大毛蛋在驴脊上压驴。这时的羊群如果无知或故意散了群，驴还努力仰起后腿，敲几下山上的石板，吓得大毛蛋在驴脊上大叫。蹄声归拢处，分群的羊会在这嗒嗒声中自觉复群，这是动物间一种奇怪的默契。葛起富的心这时候也会疼一下，回头骂道：“狗日的老驴，没脸蛋的东西！”然后勒细嗓子冲着山下唱：

“皇天后土人儿黄尘小，苍山绿水牲儿浮萍大……”

那声音反倒荡起了天地一片瑞祥。

因放下话不走蒲沟，葛起富只要出山驮煤，必定绕道，腿脚麻利，心中团着气，绕几十里不算啥事，不过是多拍几下脚板子就是。

初冬，捂了一场厚雪，山凹里雾重，几日不晴，儿媳妇要生了，窑洞不能缺了火炉，葛起富决定出山驮炭，山神凹有人故意说，“毕竟不是好天气，还是顺道蒲沟走吧。”

葛起富不语。

天际朦朦胧胧，窗外除了被天光染亮的雪，找不到星星眨眼。出山神凹，路口前，往日，那个记忆撕裂的疼痛和破碎不堪，突然呈放射状，随着走动起来的经脉，一下子统治了葛起富的全身。弥漫的雾气让他打了几个寒颤，稍作停顿，桑木赶驴棍敲在驴屁股上，坚决要它绕小道儿走。

人和畜生走得清净安宁，回头遥望淡淡一线的脚印，知道路在脚前，堵着一腔雪怨走，不怕他路没有型！

驴脊上驮了炭往回走，依旧套着自己来时的脚印归。天近黄昏，雪片飞扬。雪天里直程的背阴路因寒风吹滞，滑溜狭窄，又因是驮了重物，走了山道，枝枝桠桠都是脆裂的，铅色云团把山沟岭头笼罩在一片死寂中，一路走来让葛起富费了老劲。驴，鞍头挂辔，笼嘴系缰，走，打滑，再走，还是打滑。葛起富手心吐一口唾沫，握紧桑木棍拼命打驴，驴屁股上打出血印子来，可惜生命延续彼此交困，驴处险，不走，将后蹄牢

《驴是兄弟》　葛水平作

牢把住雪地，前蹄实质上已经滑弋看上去如同虚浮。葛起富害怕了，就算是驴跌进了山崖，炭呢？总不能空手回凹吧？那是给那件事儿添加“下回分解”呢！想到此，便也用了吃奶的劲，身体抽抖，注力双手，贴附于路边山坎，用眼睛看着驴，说：“驴，你给我争口气！”驴什么也不看，夹紧尾巴，一只蹄把紧雪地，一只蹄“呱嗒，呱嗒”像锄头一样想把地掘出一个坑。人和驴都动不得，危急之下葛起富脱掉鞋袜，那可是天寒地冻呀，赤脚着地，雪地上冒出丝丝白气，趾肚脚掌似乎有牙，屏气不敢大声呼吸，使出驴劲，生凉的地气能把人的骨缝扎透。先是蕴含着无尽的力，之后是人、驴一起下劲，总算爬上山脊。

老驴回头看绕过的蒲沟村，心思重了，有话吐不出，用力扭回头看葛起富踩过的雪地，雪地上留下一汪一汪清水，风吹过皱起了冰茬。老驴卷起嘴唇在主人的脚底板上舔了又舔，然后，仰天长嘶一阵。葛起富穿好鞋走了几步，突然觉得驴看蒲沟，看得急，也看得心焦。一下子气不打一处来，桑木棍子举过头顶，照着驴头打下去，却发现驴的眼睛里有两行泪流下来，像两条蚯蚓爬在鼻梁上，深黑深黑，黑得像两条深谷，看不出暗藏了什么。

四

腊月里葛起富的儿媳生了二毛蛋，添人进口，那是大喜。来做满月喜的人，看到了院子里的老驴。驴在榆树下拴着，亮亮的眼睛像水洗过一样，偶尔在榆树上蹭一下痒痒，鼻腔里发一两声呻吟，窑门垴上有一个马蜂窝，有马蜂在驴身上爬来爬去。人们在看马蜂飞落时，就发现了驴的肚子胀了起来。好事者围着驴议论开了。驴的皮毛粗糙不堪，和人一样年老色衰了。有人解开绳子要它走几步，它走起来步履蹒跚立脚不稳，走了几步返回来站在榆树下，靠着榆树安静地躺了下来，它是真老了，只能和泥土相亲相爱了。人的说话声拂过它的耳膜，听人说：这驴怕是得了大肚鼓症，活不过这大年了。

人嘴里满上了吃食，有人掰了一块馒头伸到它面前，它错动着嘴片儿，一小块馒头嚼得满嘴生香。

葛起富也觉得这畜生跟了自己，受了一辈子苦，既然得了大肚鼓症，没救，死是肯定了。想着它的好，拌料的时候破例加了两升黄豆。驴在槽头上吃，葛起富蹲在地上心软得看，看着就想起了驴的好。驴虽然脾气犟，但它从不和人计较得失，心情不好的时候，打它，它总是死挨，大屁股横着，任由你打。它老了，病了，老了又有了病是扛不过去的，哪一天它真要死了，窑门对面看啥！心里不免一阵萧然，流了两行浊泪。擦干泪再看驴，看着看着就觉得有什么地方不对劲儿，看驴脸，驴吃料吃得下作。再看驴脸，驴脸上浮了喜气。葛起富急忙站起来，挽了袖管，从驴的水门伸进去，一抓一团毛。大声的喊了一声：

“我日它蒲沟人的祖宗，我凭啥就不往蒲沟走！”

想不到的是，驴出蒲沟跳马，腊月里驴生了驴骡。

叫驴跳马，牡马所生为马骡，儿马跳驴，牡驴所生为驴骡。大喜啊，老葛家又添了一个好劳力，凭什么不绕了蒲沟走？等过了年赶了老驴、小驹，迈着八字步绕着蒲沟走，驴脸、骡脸、人脸，都仰得高高的，高到日头把脖子都能照出亮影儿来。

这下子葛起富的中气足起来了。白天夜里叫着他的孙子大毛蛋，有时候大毛蛋烦他喊，不屑答应，他就大声喊。窑檐下的麻雀早早就被他喊走了，有几只蝙蝠飞进飞出，被他喊得像老鼠似的“叽叽”叫。

老驴年迈，体弱无乳，能怀上小驹就算是上苍垂爱了，干瘪的乳头贴在驴皮上，丝毫不见起色。先是喂米汤水要小驹喝，小驹不喝，小驹没吃上站不起来，饿得奄奄一息。葛起富要大毛蛋把他娘叫过来，要她给小驹一口奶吃。

月子里的儿媳妇觉得公公是糊涂了，把驹子当了人了。端锅端碗重手重脚，寡着脸不理人。叫急了，要儿子回话说：“要驹子要二毛蛋，由你爷爷一句话。要驹子？二毛蛋就送人！”

葛起富觉得，媳妇不理解人，儿子没有起好作用。大腊月天里，娃娃新添了一岁，大人也该多长一个心眼了吧。我辈呢，老了一岁，黄土埋到脖子根了，能不能等到小驹子成了劳力都不好说，给谁作务呢？我身上压着的负担是给你们年轻人分担呢，你瞅瞅这老窑，窑脊能竖起来，是我和你娘，这头老驴给你撑着呢，你娘也是从你媳妇那样油菜花般的黄花闺女走过来的，一辈子跟了我，闻了一辈子的驴粪蛋味，好闻不好闻？不是闻了一个季节啊，是闻了一辈子。为啥要闻它呢？是怕拴在院子里的驴让山牲口来糟蹋了它，咱指望它给咱春种秋收呀。要不是它给咱打下了粮食，你哪里娶来你媳妇，哪里会有你大毛蛋，二毛蛋？横也好，竖也好，都是粗胳臂屈腿的山里人，怕谁笑话呢！心里不要不给牲口腾出一个空位来，它是风晴雨雪，大热寒暑的给咱受罪，驴呀，除了不会张嘴和人一样说话，它什么不清楚？它比人通达，你再瞅瞅它眼睛里的那些个水水，是哭着求你呢，它说，吃你的，喝你的，我死了，我儿还你的债，只要给它一口奶喝，要它活下来。

儿子不语，闷声去叫媳妇过来。

葛起富隔着窗户再叫，儿媳妇不应。葛起富在窑窗前哑着嗓子说："畜生也是命啊，你行个好，发个善心，自家的事，不说出去，哪个会笑话！你不要怕它不说话，它心里想着你到好呢。"见屋子里无动静，干脆葛起富跪在了儿子的门外，儿媳怕山神凹人看见了弄出大笑话来，还以为公公想啥呢，整了衣角羞红了脸走出窑洞。葛起富避羞背过身子，冲着野外的黄昏说："你养了二毛蛋了，你是葛家的功臣，我敬你一尺，你喂驹子一口，我敬你一丈！"尾音呜咽。

儿媳走进窑洞解了衣扣，在婆婆的帮助下托乳相送，小驹哪见过这阵势，惊惧着往墙角退缩。无奈儿子叫了爹来。也顾不得上下辈分，葛起富从老驴身上揪下一把驴毛，缠在儿媳乳头上，缠得颤抖也吃力。

时是黄昏，暮色苍茫里，窑内的灯影下，可以清晰地听到小驹吸乳之声，一种满是期待的，天真烂漫笑容挂在葛起富脸上，只见他眼巴巴盯着儿媳的乳房说：“小畜生，你下了狠劲吃，逮着了，你就吃个饱肚！”

年轻的儿媳，肌肤透亮，在黄昏的天青中流溢出丝绸般的光泽。葛起富有泪流下，老伴在他的身后捅了捅他的屁股，他张皇失错地走出窑外。抬头遥望天空，困顿了半天的阴霾，倏忽间悠然散去，月亮出来了，星星也眨着眼睛出来了，银光撒满黄金大地，如此大的世界，如此小的人生，一时喜悦，大声咳嗽了两下，代替了满足的笑声。

五

多少日子后，葛起富见人不说话，等人走近了，他冲着那人的脸说：“我咋就没细看过你呢，你长了一双大眼睛，长耳朵，还穿了 双漆皮鞋哩。”

那人说：“老葛叔，你不是后脊骨上也长了眼睛了吧？往细处看我也不是一头驴啊。”

葛起富说：“蒲沟人给我孙孙二毛蛋送了头驴知道不？”

那人看见他又要把话题往驴身上引，紧忙说：“知道，知道。”

走过的人回头再看葛起富，看到他弯曲得像罗圈一样的后影，影子后跟着一头驴驹子，日头下，驴驹子的漆皮鞋亲得土路“梆梆”响。

夏天故事

《二泉映月》　葛水平作

一

夏天的事仿佛都很脆弱。

颇多戏剧成分，像一出大戏里热闹的道具与布景，在闷热的风中生锈，氧化出串串暗符，永远的被时间埋藏了。

这是1974年的夏天，牟遥远十三岁，上初一后半个学期。他家住在一个盆形的大杂院里，大院里的孩子们，一群群聚得和马蜂一样，在夏天的大街上疯。牟遥远妈说："都要升初二了还疯！"牟遥远是弟弟妹妹的哥哥，决定不疯了，要树立一个榜样！现在社会上都在树立榜样，榜样的力量是伟大的，因此，牟遥远也想把自己树立成一个榜样。牟遥远现在往学校走，只用十分钟就可以到学校，剩余的二十分钟牟遥远在大街上闲溜达，或走到校门口和初一丙二丙三班的同学战斗一轮，弄好了能赢几张“大前门”。那帮人口袋里都怀揣着“牡丹”，能怀揣牡丹的可不是平常人家能有的。拥有“牡丹”的家庭里肯定有一个人是大干部。牟遥远的爸爸是看仓库的，妈妈没有工作，这样的人连拥有“牡丹”二层的那一张锡纸都困难。七十年代，这种拍香烟盒游戏是牟遥远课余时间最快乐的事。

牟遥远叉开五指搓着口袋里的二十张香烟盒，脑袋里满是牡丹在转。就想着大街上哪个犄角旮旯里能闪出一点红来？牟遥远想着中午看到的事，听着树梢上落下的细微的风，心跳得突然有点加快，犹令牟遥远眷恋般地惆怅。一路上不仅没有看到牡丹，也没有碰见好朋友王红文，走到校门口居然也没有看见拍香烟盒的。真是日怪了。学校门房朝教室方向的山墙前站着两个穿白衣服的警察，腰际别着枪，不知道是不是真家伙。对面站着四个戴红袖套的人，袖套上面写着“工宣队”，个子高矮不等，胖瘦不一。之后是各班的班主任规规矩矩地站着，一脸的表情，凝聚得很重！牟遥远透过人群来不及寻找杜老师，就觉得空气流通得并不顺畅，想看点什么的意思在心底压着，并且出气开始磕磕绊绊。缩了头张了嘴左看右看，发现进校门的学生和他一样的情态。牟遥远背着的书包不是现在那种双挎肩，是母亲用旧衣服改做的那种，单挎肩布包，书包背起来书正好搁在胯骨头上，一紧张，步子就迈快了，书包里的书磕着胯骨头，麻瑟瑟地痒。

牟遥远穿过那一段紧张的空气，窝了脖子回头看了一眼，小声问旁边走着的同学："出什么事情了？"那个同学说："你都不清楚，我去哪知道？"言外之意是没有牟遥远不知道的事情。牟遥远消息活泛是因为有王红文，他们班有老师的子弟。恰恰放学没有见王红文，上学也没有见王红文。就发生了牟遥远不知道的事。跨进教室，坐到坐位前，发现班主任刘向东很严肃地走了进来。同学们正要站起来喊老师好，刘老师严肃地抬起手说："安静，同学们安静，我要向大家宣布一件重大事情——"咳嗽了一下，突然不往下说了。同学们利用这个间隙说："老师好！"刘老师说："安静！"牟遥远觉得刘老师和平常不一样，不是平常的刘老师。因为紧张，讲台下的学生不时的弄出一些板凳坐不稳当的吱扭声。

刘老师说："坐下。学习委员，把所有人的笔记本和作业本都收起来。交上来的同学取出纸和笔来。"

一阵子纸张的哗啦声，两分钟后教室安静了下来。刘老师抬起手并了大拇指和二拇指，在眼角前做了一个向上的动作，发现缺了什么？牟遥远发现刘老师缺了眼镜。什么事情让刘老师连眼镜也顾不得戴？刘老师不戴眼镜了才和平常不一样，牟遥远怎么觉得，就是戴上了眼镜他肯定也和平常不一样呢！

班主任刘老师说："你们把中午放学后到现在的这段时间，都干了什么，到了什么地方写出来，记住，一定要很认真很仔细地写，不得有半点马虎，写好交到课堂上来。"刘老师说完话拿了学生的作业本神情凝重地走出了教室。教室里坐着三排学生，靠墙两排，中间一排，刘老师送了学生的作业，返回来，走在中间的空旮旯里，监督四周桌子上摊开的纸张。因为，没有戴眼镜，刘老师什么也看不清楚。刘老师用中指的骨关节敲着学生的桌子说：“不要落掉很细微的事情，包括上茅厕。”后边的五个字敲出五个重音。

牟遥远很快就写好了。中午放学以后回家，午饭，母亲做的是槐花拨烂子。母亲喜欢把正开的槐花捋下来，湿了水用玉米面拌匀上锅蒸，然后，放了油炒，很好吃。“拨烂”两个字不好写，牟遥远用了拼音代替。在牟遥远的带领下，很快课堂上的稿纸摞了起来。那稿纸很杂，一看就知道写的人父亲或母亲在什么单位工作。

刘老师走到讲台上简单翻看了一下学生写的东西，扯远了看不清，拉近了还看不清。等收齐了，很严肃补充了一下说：“还有没有忘掉的情节？比如放了学到教室外面的山墙前停留了没有？有没有放了学没有走继续留下来聚众拍香烟盒的？有，现在马上举手。”教室里安静得能听到互相出气的声音。牟遥远想举手说明白一件事情，但是，到底没有举手，仅仅是忽悠了一下心事。刘老师一下就指着他说：“牟遥远，你是不是有需要补充的事情？站起来讲。”

牟遥远站了起来，却不知道要讲啥，看着老师，红着个脸。

刘老师说：“讲啊，遥远？”

牟遥远讲不出来，脸憋得更红。所有的眼睛一起盯着他看，他感觉后脑勺凉飕飕的。

刘老师启发性地说：“放了学没有回家，在初一丙二班的教室山墙下等王红文了，等他出来一起拍香烟盒？”

牟遥远想：刘老师都知道我经常放了学是和王红文相跟，可惜这一次没有。摇了摇了头说："没有。"

刘老师又说："那么你是不是等同学都走了你留下来要做一件事情，做了这件事情才走？"

还真是这样。牟遥远的脸像蚂蚁啮了一下，更红了，低下了头。

刘老师看着牟遥远有些激动地说："抬起头来盯着我的眼睛。"

牟遥远抬起头来盯着老师的眼。刘老师说："放了学没有走，你做什么事情了？"

牟遥远心里嘀咕了一下，想：我看见你了。又想：自己是不是被刘老师发现了？露了什么马脚？再想想：自己做的那事情也够龌龊了。干脆后牙关一咬说：

"没有，回家了。"

刘老师说："没有就不要随便动心思，你以为你那点小心思老师猜不出来？坐下吧。"刘老师安顿学生，继续把忘掉的情节想好想清楚了再写出来，然后，神情严肃地取了稿纸又走出了教室。

看见老师走了，学生乱了起来。牟遥远冲着门口说："问我，咋不问问自己干了什么！"有同学说："牟遥远，老师把你吓傻蛋了不是。"谁也没有发现牟遥远说了什么话。有同学站在了课桌上喊："安静，安静，我们相互来猜，猜学校到底出了什么事情，谁猜中了，我奖他一个香烟盒，牡丹牌的。"教室里的情绪一下子就高涨了。"牡丹牌的香烟盒，猜啊，猜啊！”课堂上的教棍响了一下，接着又响了好几下，刘老师用他那粗壮的男中音喊了好几遍：安静！教室才安静了下来。

走到课堂上的刘老师戴上了眼镜，看着讲台下说：“我让你们写中午到现在具体时间是怎么打发的，你们有的人居然描写了外面的风景。说什么望着远处工厂的烟筒，冒着逗人喜爱的轻烟。这不是要你们写作文，是记录：在这一段时间里你们各自做了什么？有的人居然只写了六个字：放学回家上学。难道没有细节？我看不认真是解决不了问题的。今天中午放学后谁最后走的？”

牟遥远身后的王小娟举了手站起来说：“报告老师，我和李红最后走的。因为，今天该我们值日，我最后锁教室门。”

刘老师说：“好，你们站着。”又问：“谁出了教室没有直接出校门上厕所了？”

牟遥远和好几个同学举起了手，刘老师让他们举手的同样站起来。

刘老师说：“剩余的，如果是放了学有伴相跟着走，没有路过初一丙二班教室的，能够互相证明的自动结成一伙，手拉手走出教室，到外面等我叫你们。”

一部分人拉了手互相指认着自己的伴儿走出了教室，还有几个没有手拉手的男女同学，不好意思拉手也要往外走。刘老师很坚决地伸出手，制止了他们前行的脚步。牟遥远发现剩下的人脸都红了。刘老师说：“有什么不好意思，大是大非面前，只有证明自己是清白的，才能说明你没有干坏事。男同学和女同学拉了手出去有什么不好？全世界人民大团结那张宣传画上，哪个和哪个没有拉了手？全世界人民亚非拉。拉手，更能说明是一种团结文明的进步！”

牟遥远心里激动得想替他们出汗，看稀罕地，想看他们怎么男女拉了手往出走。有男同学主动上前拽了女同学的袖口往出走，牟遥远喊道：“他们没有拉手，刘老师，不算数。”

刘老师眼睛盯着牟遥远严肃地说：“你如果能证明自己放了学一直和同学在一起，直接走出校门才分手，你也可以拉一个证明人出去，如果是女同学，我让这位女同学主动拉你的手。”

牟遥远憋着脸不能证明自己，在全班学生的目光下低了头。

刘老师对剩余人说：“谁能证明自己放了学没有路过初一丙二班教室，直接走出了校门的，拉了证明人，往出走。值日的，如果你们俩能互相证明，也往出走。”

牟遥远隔着窗户看外面，发现学校的操场上站了好多学生，再回头看刘老师，发现只剩下了自己一个人。刘老师扳着脸点着头说：“如果说这件事情就是你干的，我要跟着你丢饭碗，知道不知道！”

牟遥远看着刘老师，想起了上午的音乐课，一脸茫然，心里就小心地唱了起来：“大学还是要办的。我这里主要说的是理工科大学还要办，但学制要缩短，教育要革命。”

刘老师心痛地看着牟遥远说：“是你在初一丙二班教室山墙的黑板上，把毛主席三个字打上八叉的吧？为什么要这么做？”

牟遥远吓了一跳，停了唱惊恐地摇着头说：“没有，老师，没有。毛主席三个字是红粉笔写的，我知道。在家，我爸教我，凡是红粉笔写的字都不能动，因为，不是毛主席就是毛主席语录。报告老师，我懂。”牟遥远的心缩了一下，但很快就放心了，知道和他看到的事和自己做的事不是一回事。

刘老师松了口气说：“不是你做的，就得找证明人来证明不是你所为，我现在得把你领到会议室，有公安局和工宣队的人在。但是，你也不要害怕，因为，不是你做的，也不是你所为，他们了解清楚就会让你回来的。”

这时候，教室的门口已经站了戴红袖套的人。刘老师很严肃地说：“不是你干的，就要详细的说明自己这一时间段究竟做什么了。放了手，跟工宣队的叔叔们去讲吧。”

牟遥远不知什么时候拉住了刘老师的手，拉得紧紧的，指甲掐得刘老师手心肉生生疼。牟遥远不丢手，想着老师说过拉了手出去才能证明自己，他的证明人只能是刘老师，他就不想丢手了。心突突地跳起来，刘老师用另一只手抚摸着他的头说：“不怕，遥远，没有可怕的，说明白了事情就完事了，因为，这事不是你做的。也不是你所为。下面的程序也不是我问的，也不是我所为。”

刘老师看着牟遥远，说话有些颠倒。那颠倒的背后有牟遥远想起来就不怎么高兴的东西。牟遥远在丢开手的一刹那，觉得自己像一片树上的叶子，被突然的大风吹落了，身无根系，飘啊飘，被风悬挂着飘不到地上。他“哇”地一声哭了，人软得坐在了教室的地上，有工宣队的人进来夹起他走了。

二

牟遥远被夹进会议室，看到一条横着的条桌后坐了一排人，脸上的表情都很严肃。牟遥远被放到地上时看到有其他班的学生，学生中有王红文。他的脑海里一下变得很乱，一开始的那一声哭叫，在出了教室门看到操场上黑压压的人群时，他的哭声就已经僵住了。牟遥远被夹着走过操场，人群往这边看，他挣扎着想离开那人的肘窝，他觉得自己大小是一个男人，怎么就哭了呢？真是丢丑得厉害。但是，根本就离不开。那个人的手臂像螃蟹的夹子一样硬。牟遥远觉得自己这么被人吊着走，被全校的老师和学生看见了，同时也被王红文看见了，心里羞得狠狠地看着地上站着的双脚，不敢抬头。十个脚指头紧张得在鞋里，来来回回前前后后挖着鞋底子，心里想着王红文看自己的表情，肯定是嘲笑。其实谁也没有笑话他的意思，那样的气氛，每个人的屁股都怕擦不干净，哪顾得了他。

条桌后的人已经开始问所有进来的人，时间也缩短到了放学到离校这一段距离。牟遥远根本就不知道他们问了啥，抬头看了一眼王红文，发现王红文手里拿着一张红色的香烟盒给他显摆，那烟盒已经叠成了三角，在王红文握着的手里露了一头儿小角。牟遥远盯着那个角有些疑惑不大相信，王红文就背转了手心，露出了中心的那两朵牡丹。白色的花瓣儿，翠绿的叶片儿，真是两朵好看的花呀。再看王红文的脸上，牙咬着半个下嘴唇儿，留着半个小豁口儿，“呼呼”往出吹气，眼睛斜视着他，能能地，得意得晃着枣核儿小脑袋看他。牟遥远很不自然地笑了一下，用手背抹了一下流出来的清水鼻涕。就听得有人叫：“初一丙二班的王红文过来。”

牟遥远看到王红文一下捏紧了香烟盒插进了裤口袋，往前走了两步，站出了人群。桌子后工宣队的人问：“中午这一段时间，你不能证明你在做什么，那么你到底做什么了？”

王红文说：“我在学校门口等初一甲一班的牟遥远，我们经常放了学一起相跟着走。我等得学校的人走完了也没有等上他，后来，我怕回家晚了我妈骂我，我就走了。”

工宣队的人说：“谁能证明你？”

王红文说：“我能证明我，还有看门房的，不知道他看见我了没有，他要看见了也能证明我。”

不一会儿就有看门房的走了进来。看门房的老头，脊背上背着个罗锅，看人的时候抬头纹折叠得像没有烧了黄蜡的书角。那时候学生们常常用吃过丸药的黄蜡燃流了平书角。那老头走近王红文看了半天，又走远拉开距离看了看他的后身，点着头说：“我注意他了，是他。”

工宣队的人说：“你可以出去了。”

王红文往出走，走到牟遥远身边抬起胳臂肘顶了他一下，牟遥远没有敢回头，就听得有人叫他了：“初一甲一班的牟遥远过来。”

牟遥远往前走了两步站下了。

工宣队的人说：“你中午放学去哪了？等你的人没有等上你，而你也不能证明你去哪了，那么你到底去哪了？”

牟遥远挠了一下头说："我回家了。"

"回家了，怎么没有人看见你？而你妈说，你快一点了才回去，你到哪里了？都做了什么事情？"

牟遥远吭哧得努力了半天答不上话来。只有他自己知道去哪了，去哪了又不能说，不是看见的那事情不能说，是自己的思想不能说。说了那事，人家就会问：放了学不回家去看什么？自己怎么来回答？说自己想看杜老师，啊呀呀，这么一说，还是把自己的思想说出来了。我要把这件事情深深埋在心底，不能把好好埋在心底的东西拿出来晾给他们，他们会说我是一个大流氓，王红文会笑话我，以后很可能不再和我合作拍香烟盒了。还有全校的学生，看见我就像看见一个稀罕的动物一样，指指点点的还吐口水。大院里原来住的一个黄阿姨就因为流氓问题，被院子里的小孩子天天喊流氓，搬走了。况且我回到家里，我爸爸肯定要暴打我一顿，这种事情一般会往死里打。我不说，他们也不能奈何我。我要说了，证明了我更是一个流氓了，刚才那一声哭就弄坏了，让同学笑话了，我决不能再让他们笑话了。他们说我妈来了？我才不相信哩。

工宣队的一个胖子说："回答刚才的问话！"

牟遥远早忘了刚才的问话，迷惘地看着对面一排人的脸，不知道该回答啥。

工宣队的一个瘦子说："你妈说你回家回晚了，到底因为什么回晚了？"

牟遥远想起来了，刚才就是问这么个问题，难道他们回家去找我妈了？牟遥远说："我就是回晚了，问我妈我也是回晚了，你们不要诈我。”

其中那一个工宣队的胖子站了起来和另一个人嘟囔了一句什么，那个人就出去了。剩下那个胖子说：“你这么小的年纪怎么长了这么硬的骨头？我就不信邪，不信你不说做啥了！”说话的这个人姓胡，听得有人叫他胡工宣。这个人就是刚才夹他的那个人。牟遥远被晾在了一边。又问了几个人，出去的那个工宣队的人回来了，走到胡工宣耳畔嘀咕了一下，胡工宣站起来和那人拉了牟遥远的手，回头和桌子后的人打了个招呼出了会议室。胡工宣的肩上十字挎了一个军用水壶，戴着一顶很流行的军帽，不过看上去不好看，好像是因为胡工宣头太胖，帽子太小。牟遥远不知道他们把自己往哪里拉，看到了王红文远远看着他，还以为牟遥远也出来了，正准备上前来恭喜一番，又发现气氛不对劲，停下了看着牟遥远说：“我搞了一张牡丹，等你完了事，去赢他们一把。”

牟遥远说：“很快。你等着吧！”

原来被工宣队的人拉着是进校长办公室。牟遥远从来都没有进过校长办公室。进了校长办公室，牟遥远发现坏了，他妈真站在校长办公室的地上等他。那两人不说话了就站在旁边看母子俩怎么对话。牟遥远看到妈的脸煞白煞白的，脸蛋儿上没有一星星红晕。

牟遥远妈说：“你到底做啥了？祖宗！是不是你在黑板上画的那两道，是，就说是！不是，就说不是！谁能证明你不是，你说出来，有妈在你怕啥？”

牟遥远看着妈说：“不是。我都上初中了，我就是大人了，我不会干那种不热爱毛主席的事情。放心吧妈，我放了学不是就回家了吗？”牟遥远想让他妈证明他是很早就回家了，故意把后边的那个“吗”提高了音调。

牟遥远妈是个榆木疙瘩，根本就没有听出来。“你明明回去得很晚，怎么说放了学就回家了？我已经和人家说你回晚了。你快说啊遥远，到底你去哪了？”

牟遥远看着他妈着急的脸说：“我不能说，说了爸要打我，往死里打。上回打我，屁股上的黑青才泛过来，又打，我经不起老打我。”

站着的人听得有些哭笑不得。

牟遥远妈在校长办公室的地上急得跺脚了，说：“你活活要气死我了！养你这么大，养得你知道说谎话做坏事了。供你念书，到真念出本事来了，敢对抗大人，敢写反标了！你也才是个初中生呀，怎么学得不知道天高地厚，学成大瞎话篓子了？”

牟遥远的鼻子一下有些酸，赶紧抬了手揉了揉，酸劲才下去了一点点。

牟遥远妈说：“你要不说，妈跟着你受连累，你爸也要跟着你受连累，你姊妹四个就吃你爸一个仓库员，你说这日子以后要怎么活？我们都是正经人家，是谁把你的胆铺排得这么大？敢给毛主席仨字打八叉，敢和大人叫板了？说啊，你都干什么了？”

“呱唧”一耳光掴在了牟遥远脸上。牟遥远没有想到妈会打他，从来都是爸打他妈护着。爸打了他，妈等爸不打了拉过他来揉他被打痛的那个地方，通常揉不到地方，他来告诉妈哪里疼了，妈就揉哪里。现在他的脸蛋子火辣辣地疼，妈不拉他，也不给他揉，两只眼睛瞪得像弹出的玻璃球，妈瞪起眼睛来真好看。女人的好看有好多种，比如：妈瞪眼好看，妹妹想哄我的好东西时噘着嘴好看，成叔叔家的二丫头脸红的时候好看，杜老师讲台上提问题时，看着回答问题的人答不上来，就那么样子的，微微把脖子歪一下再笑一下时好看。想到杜老师的好看，觉得还要多，人家杜老师不说话时更好看。想到杜老师的好看，不自觉地就笑了一下。

“呱唧”又一个耳光掴在了另一半脸上，火辣辣地疼。这下子，牟遥远鼻子酸得不能制控地“哇”一声哭了。

牟遥远妈从校长的桌子上取过一本书来说：“不说实话，还笑，还哭，我要你不说实话，哭、哭、哭!”手中的书“啪、啪、啪”打在了牟遥远的屁股上。

这一下子牟遥远的心理防线彻底崩溃了。哽咽着说：“我放了学去上了一趟茅厕，从茅厕出来绕到了教室后面，到了杜老师的后窗户下，我就是想看看杜老师。”

牟遥远妈说：“你看人家杜老师做什么?”

牟遥远说：“杜老师好看。杜老师的皮肤白得像雪糕。”

牟遥远妈泄气地靠在了校长办公室的桌子上，胳臂趿拉在胸前，整个人的形状往下坠，连带着表情也往下坠。自己的儿子真是不争气啊！看上去她是想要哭的，但是，往进吸了吸鼻子，叹了两声粗气，到底没有哭出来。牟遥远看着妈像一只天空下滑的鸟，觉得妈气是消了，好像消得还恍恍惚惚。

这时候，那个拉牟遥远来这里的胡工宣好像有了意思。眼睛里闪烁出了一丝儿亮，看着牟遥远妈说："你没有事情，可以回去了。你的儿子基本是没有问题了，还需要查证一件事情。噢，对了，你回去后不得和任何人提起此事，你要担保自己不说，不能和家里任何人说，说出去，后果自负！你走吧。"

牟遥远看到妈看了自己几眼睛，双臂像折断了翅膀的鸟，被天空刮来的风悠悠吹走了。牟遥远已经不哭了，站在地上看着走远的妈，木得像一个泥巴捏的人，看着看着眼睛就花了，看见两朵白牡丹，展开展开，很像杜老师的两个妈妈骨朵，展开展开，什么也不是了，是王红文手心里捏着的两朵牡丹花。刚哭过的眼睛被午后照进来的阳光刺得麻麻的，闭上眼睛就出现了乱飞的金点子，来回跳跃着，闭死了眼睛，就看见了妈的后身板，黑麻点子一样。睁开了再看，发现眼前竖了一个黑影儿，是胖子胡工宣。

胡工宣嬉皮笑脸地说："你过来坐下，坐到这边的椅子上来。"

牟遥远不敢坐，迟疑地看着对方。胡工宣说："不坐？那么你就站着说。我来问你话，你在杜老师的窗户下看屋子里，看到杜老师和谁在一起了？"

牟遥远脑袋一下又清醒了说："就杜老师一个人。"

胡工宣说："你要肯定自己说过话的内容，不得有半句假话！"

牟遥远说："我就是看到杜老师一个人了。"

胡工宣要另一个人看好他，并一定要把他带进里屋去。提起地上的暖水瓶倒进桌子上的瓷缸里一缸水，想了什么，又把肩上挎的军用水壶卸下来，把瓷缸里的水加了进去，喝了一口，拧紧盖说："出现新问题了。我去带一个人来，不到万不得已的情况下，我不会叫你们出来。你，不许乱动乱说。"最后指着牟遥远的鼻子来了一句肯定。

校长的办公室是里外间，牟遥远走进去时看到校长的床上放了一包牡丹烟。牟遥远的心一下就紧张了，随之心里开始大幅度跳动起来。看到那个进来的人拿起牡丹烟看了看，好像有烟，就一根。取出烟点上了，那只拿空烟盒的手用了劲捏了一下烟盒，想往墙角扔。这下子牟遥远有些高兴了，他这么一扔，自己就有机会把它拣到手。他爸抽的烟都是金钟、勤俭，烟盒里层包烟的是烟皮儿纸，哪像牡丹烟盒，外面是红色的，好看，关键内皮儿是金闪闪的。拍烟盒的时候，其他的烟盒儿不允许包里皮叠三角，唯独牡丹可以带金纸包三角。包了双层的牡丹在地上压阵纹丝儿不动，怎么样拍都翻不过来。拥有牡丹烟盒的，那才叫牛逼。现在王红文有了，我也要有了，等放了学到学校门口和初一丙二班的那帮家伙比试比试，眼黑死他们。

看着那烟盒捏在手里就是不扔。不仅不扔还慢慢地抽回了手，嘴里叼了烟，腾出手来，伸进烟盒中两根指头来回平展了一下。牟遥远的心吊到了喉咙眼，哀巴巴看着那个牡丹烟盒在那个人手里。看着他从上衣口袋掏出自己的勤俭烟，把勤俭里的烟倒出来插进了牡丹烟盒，很是玩味地看了一会儿装进了上衣口袋。把那个勤俭烟盒捏了一下又揉了一下，卵成了团，扔了出去，看着它打了个滚，两滚三滚滚到了阴湿的墙角。牟遥远的心寒得一下子就掉进了冰窟窿。

这下听得有人进门了。进门的人和另一个人说："坐吧。"有板凳的拖拽声。

进来的人是刘向东和那个叫他的胡工宣。

工宣队的人说："中午查问的时候，刘老师好像说自己是和杜老师在一起的，对吧?"

刘向东歪了一下脖子，肯定地说："是。"

胡工宣说："你知道杜老师是什么样的人吗?"

刘向东笑了笑说："怎么会不知道，初一丙二班的班主任，带我们班的历史。"

胡工宣重重吹了一口气，脑袋随着那口气转到了一边，看到校长办公桌上有一圈塑料皮，拿起来折成一根长条，摘下帽子来卡了进去。一边戴，一边看着门前不远的地方，那地方有两只蝴蝶飞。蝴蝶双双舞动，在太阳的光芒中来回闪烁，煞是好看。

"我小时候听过一个故事，说是一个男人和一个女人相好，一块儿背着书包去上学，上学上出问题来了，起码他们自己没有料到问题的严重性，后来这两个人因为个人小情小调的东西作怪，怎么说呢，就从这个美好的社会上消失了。变了这么个东西，看，就门外这么一对儿蝴蝶。"胡工宣拿下巴颏指着外面阳光中飞远了的蝴蝶说。

刘向东看了一眼说："那是一个很经典的爱情佳话，是梁山伯与祝英台。"

胡工宣说："不说这个了，你是老师，比我有文化。就问你和杜老师是几点几分在一起的吧？"

刘向东说："12点45分放了学出了教室碰见了，一起走到了她的办公室。"

胡工宣说："不对不对，办公室，就是教室，你明明和人家一起走进了人家睡觉的屋里。"

刘向东有点不耐烦地说："是啊是啊，但是，老师的宿舍就是老师批改作业的办公室。"

胡工宣抬了一下脸说："你不是给我这个不耐烦吧？就按你的说法。大中午的你去人家办公室做什么？人家办公室是给学生批改作业的，又不是批改你！"

刘向东说："我找她是研究初一学生的一篇古文，《左传》里的《曹刿论战》。"

胡工宣的小眼睛一翻说："古文有什么研究的，怕不是这么回事情吧？"

刘向东站起来看着窗外说："十年春，齐师伐我。公将战。曹刿请见。其乡人曰：'肉食者谋之，又何间焉？'刿曰：'肉食者鄙，未能远谋。'乃入见。"

胡工宣的脸一下子就拉了下来说："什么乱七八糟的封资修！"

刘向东回过身来坐下说："你发现了我读音的不准了吗？我把：年、战、见、间，念得安昂不分。年，念了娘，战，念了仗，见，念了江，间，念了僵。杜老师是首都师范毕业的，标准的普通话，我跟杜老师去学发音，正好上午学生就上的是这一课古文。”

胡工宣被刘老师念得笑了起来，不知道他念了啥，所有的字一个音：“娘。”胡工宣说：“不要说了，你不在杜老师的屋子里，肯定不在！”

刘向东瞪着眼诚恳地说：“我肯定在，因为杜老师还送了我两张工业券，我想买一辆飞鸽牌自行车，号不够，我家是农村的，来回不方便。”

胡工宣提高嗓门说：“你说你在就在了？有人证明你不在嘛！你到外面的山墙后等我叫你。”

刘向东疑惑地站了起来，莫名其妙看着对方走出了校长办公室。

胡工宣撩了帘子进了里屋，看着牟遥远说：“你听见了没有？是你说谎话了，还是他说谎话了，你说这十七岁的人还要哄了十八岁的人咧，被你卖了，还得替你数钱是不是？你说说清楚，你到底是看见一个还是两个？”

牟遥远大眼骨碌望着胡工宣说：“我就是去看杜老师了，因为，因为……”

胡工宣一提留把“因为”的牟遥远提起来放到了校长的床上。“你要不说清楚，今天就不要计划回家！”

牟遥远吓得把嘴张得大大地看着胡工宣，胡工宣往上抬了一下他的下巴颏：“说。”

这下子，牟遥远不敢不说了。

“杜老师教我们班的历史，杜老师讲课讲得好，杜老师好看，是真好看，杜老师……”

“不要老来杜老师，就说你为什么要去看杜老师？”

牟遥远不得不从头说起了。

“有一次杜老师给我们上历史，发现了班上有同学交换香烟盒，杜老师看见了不高兴，走下讲台收走了。收的那香烟盒里有一张牡丹烟盒，那是最金贵的。是我爸爸有一次打开仓库让领导参观时，拣到的。我爸说，仓库重地严禁烟火，但领导就不严禁了。就拣了只听说没有见过的烟盒送给了我。烟盒被杜老师收走了，给谁也心疼。我就看杜老师把它扔在了她的窗台上，透着玻璃还能看见。天天是看得见拿不着，心就焦想焦想地。”

胡工宣支楞起耳朵听，听到这里还是没有和目前发生的事情沾上边。说：“不要绕弯子，就说你怎么看杜老师换衣服。你把看到的事情拉得离题近一点好不好？你们学生天天写作文，不懂个中心思想！”

牟遥远抿着嘴看着另一个工宣队的人，眼睛翻了两下子说：“你把那个牡丹香烟盒送给我，送给我，我就继续讲。”

胡工宣看着对方说：“什么烟盒，送给他。”

另一个工宣队的人红着脸说：“听他，哪有什么烟盒。”

牟遥远盯着他的上衣口袋说：“有。”

胡工宣说：“有就掏啊，一个鸡巴烂烟盒，比这事还重要？”

那个人不舍地，从蓝的卡中山装上衣口袋掏出了牡丹烟。胡工宣眼睛一亮一把抓了过来说：“哪弄到的？藏着还不想外露，解解乏。”抽出一根来点上，冒了两口烟，发现不是牡丹的味道，夹着烟眯了眼睛看了看是：勤俭。倒出烟来递给了牟遥远。骂了句："穷家富态子，龌龊人哩！"

胡工宣拍了一下牟遥远的脸蛋说："往下讲。"

牟遥远小心把烟盒装到了裤口袋，怕坐到床上折坏了，跳到了床下站着开始讲。

"杜老师干净得厉害哩，上课时穿的衣服和下课穿的衣服不一样。杜老师身上白得像粉连纸。特别是——"那两个听讲的人不同程度地把手搁在了下巴底下，很有意味地耸了耸肩膀听。

"杜老师念：忠之属也，可以一战。战则请从。刘老师就念不好战，老念仗。土疙瘩一个。"

胡工宣这时候抬手制止了牟遥远，说："停，停，说那个特别的什么？哎，你说你看到的是杜老师一个人，怎么又出来了刘老师？不打自招吧！小东西，快讲！"

牟遥远张着嘴吐了一下舌头，说："刘老师和杜老师就是在研究古文。杜老师念到：夫战，勇气也。一鼓作气，再而衰，三而竭时，刘老师的手就放到了杜老师的头上。"

胡工宣有些兴奋地坐到了床沿上说："往下讲往下讲，一鼓作气往下讲。"

牟遥远说："我不讲了，再讲，我就看见流氓事情了。"

胡工宣有些激动地抹了一下嘴说："我们需要的就是这个流氓事情。需要的就是这个特别，往下讲。"

牟遥远很认真地反问了一句，说："我看见了我也是流氓，对不对？"

胡工宣拉过牟遥远的手说：“你才多大，你这个年龄哪里流氓得起来，大人才流氓，你只要说了这个流氓事情，暑假我让学校给你评三好。”

牟遥远乐得往床前走了几步说：“我早想当三好了。我给你说吧，刘老师把手放在了杜老师的头发上，杜老师就不念了，把书这么一扔，一下子就搂了刘老师的腰。”

胡工宣说：“快说，刘老师这时候怎么样了？”

牟遥远站着左右调了调身子，想做一个什么动作，觉得不像那么回事，想了想搂了胡工宣的头，自己朝后仰起脖子来，长出了一口气说：“哦，谁让你是军人的未婚妻呢！”

胡工宣和另外一个人对视了一下说：“有事要发生了。”

牟遥远丢开手，从口袋里掏出牡丹香烟盒来，小心地把两边的口揭开，放在旁边的一个小桌子上平了平，开始叠三角。胡工宣拽了一下他的衣角说：“你这孩子，关键时候怎么就不动作了？往下说啊，那古文里不是有一鼓作气吗？”

牟遥远扭过脑袋说：“一鼓作气也没有啦。”

胡工宣说：“怎么会没有了呢？进去还没有出来嘛，关键的那个流氓问题才显了一点锋芒，还应该有惊心动魄的东西出现。”

牟遥远想了半天说：“接下来杜老师就拿过了那本放下的书，翻开给了刘老师两张号。说要他凑够了买自行车。对了，你说要给我评三好？”胡工宣肯定地点了一下头。牟遥远说：“还有一个动作，做完这个动作刘老师就走了。刘老师是这么拉了杜老师的手……”

牟遥远走近胡工宣，拿起他的手放在自己的嘴上闭了眼睛亲了一下，睁开眼说：“你的手怎么这么臭。”

胡工宣说：“是杜老师说的吗？”

牟遥远不看他们了，扭头吐了一口唾沫说：“是说你啊，你自己闻闻嘛，你的手臭死人了。呸呸呸！”

胡工宣拍了拍另一个人的肩说：“有戏了，这出戏虽然不大紧凑，但是，戏一开锣鼓点就响，看怎么抓这个高潮吧。我说么，杜凭什么给刘号，弄张号容易吗？刘说跟杜学汉字哩，连亲娘晚娘都分不清楚。又一对子梁三泊与祝英台要扇扇（翩翩）起舞了。还提醒我，以为我不知道个梁祝！”

牟遥远说：“是翩翩，不是扇扇。”

胡工宣说：“走你的吧，这里没有你的事了。”

牟遥远巴不得这句话，拿着叠好的牡丹香烟盒掉头唱着歌：“走上海机床厂在工人中培养技术人员的道路，让无产阶级政治思想挂帅，挂帅……”唱着就不见影了。

三

胡工宣走出校长办公室，看到山墙处的地上有一个拉过来的影子，想起来是刘向东。刘向东在山墙前徘徊。胡工宣走过去招了招手说：“没你的事啦。”

另一个工宣队的人拽了他的袖口小声说：“怎么能没他的事了？”

胡工宣说：“凡事都有个过程，是吧？这么严重的事，我们怎么能做得了主，先去问问他们吴校长是什么意思，还有人家杜的老公公。着急什么，消停他两天，开了场就不怕杀不了戏，有他不舒服的时候。”

牟遥远跑到丙二班的教室门前，看到王红文已经和他们班的人战斗开了。牟遥远拽起来王红文要他看自己也有牡丹了。王红文问：“哪弄的？”

牟遥远说：“校长办弄的。”

王红文不相信地问道：“你本事有多大，能进了校长办？”

牟遥远一本正经地说：“就是校长办，那个长了南瓜脸的胖墩子给的。”

王红文笑了起来，说：“就那个抱你的人吧，看把你吓得，尿裤了没有，我看看。”说着就撩起了牟遥远的上衣看。牟遥远有些不大高兴了，地上蹲着的人抬头喊：“干不干了？干就掏出牡丹来干！”牟遥远突然觉得很无聊，想走出人群。王红文说：“咱两个牡丹合起来和他们干。”地上的人仰起脸鄙夷地说：“牟遥远就会哭，你这种娘娘腔的人也能有牡丹！”牟遥远说：“算了。看看你们教室山墙上的黑板报去。”两个人退出人群走到山墙前的黑板报前，踮了脚尖看，看了半天没有发现什么问题。毛主席和他的语录是红粉笔写着，看上去不如黄粉笔和白粉笔写得醒目。这时候门房老头走过来说：“看什么？看。你、你，一看就调皮捣蛋。”王红文扭头问：“锅子大爷，把哪个毛主席画叉了？”

门房老头怀疑地说：“毛主席是神圣的，哪个毛主席也不能画叉，公安照了像就擦了。不会是你们干的吧？”

牟遥远和王红文吓得一溜烟跑了。

一下午根本就没有上课，学生乱哄哄的，男生拍香烟盒，女生比谁的糖纸好看，也有一部分人这两样营生都不干，手里拿了琉璃蛋蛋互相蹦着玩。

铃声响了：当，当，当！

一上二下三开饭。学生们涌进了教室。王红文说："下了课，我到校门口等你。"两个人分了手。

进了教室，闲得无聊，开始议论下午发生的事情。牟遥远没有参与他们的议论，心情不好，有点恨那个抱着他走过操场的胡工宣。怕提下午的事情，还是有人问了，草草告诉了他们自己是清白的，那些到现在还没有放出来的，高年级学生问题才有可能严重。有同学说："既然不是你，你哭啥？"牟遥远装了听不见趴在桌子上开始佯装睡，其实是想心事：想杜老师。

杜老师齐齐的头发和肩膀齐，鹅蛋蛋脸，眼睛细长，眼珠子和蝌蚪一样黑。杜老师喜欢在头发上卡一个卡子，在左鬓角上，很好看，妈也喜欢卡一个卡子，是在耳朵后，两耳朵都卡，很难看。杜老师有一次上历史课，掖下夹了书，脚上穿了方口黑平绒布鞋，走上讲台，微微压着笑看着学生们说："同学们好！"杜老师的牙很白，一说话就齐刷刷露了出来，贼好看。杜老师的脸上永远挂着快乐的笑，能在课堂上，把自己快乐的情绪恰到好处地传递出来，让枯燥无味的历史课不再昏昏欲睡。杜老师的普通话讲得太好了，跟收音机里的一样，念课文的时候不需要解释课文的意思，就能够念出课文中的恩和怨，贵与贱、荣与辱、美和好，自然天成，读得让学生干燥的嘴里能生出唾沫。站在讲台上的杜老师不是杜老师，更像一个演员，像大年初一，绑了杨白劳买回来的二尺红头绳的喜儿，手舞足蹈，神情并茂。讲到动情处，那闪来晃去的身影，折磨得课堂下呆滞的目光渐渐就生动、活泛起来。如果是叫谁站起来回答问题不会时，杜老师下巴颏这么一收，抿着嘴笑着说："上课怎么可以不操心听讲，不了解中国的历史就不了解中国的未来。"手在头上这么来回摸几下，甜蜜死了。杜老师下了课换衣服时，皮肤白白的，常常让自己心热。有一次居然看到了杜老师胸前吊着的妈妈骨朵，像两颗大鹅卵石，妈也有，就没有杜老师的饱满，不仅不饱满还瘪瘪的。

啊呀，牟遥远觉得自己真是一个大流氓！走题走得再不能继续往下想了。

这一节课是政治，学习委员发下来作业本，要大家自习，说政治老师有事。牟遥远巴不得政治老师不来，细瘦伶仃的样子牟遥远就不喜欢。讲课时脸上不见笑容，好像学生该他两升黑豆，人在衣服里支着像庄稼地竖着的稻草人，晃来晃去，来了，晃来晃去，又走了。牟遥远由此就想起了刘老师。

刘老师很像阿尔巴尼亚电影《第八个是铜像》里的第八个人。当然，不是很外国的那种，是类似。刘老师一笔好字，就是说话不是太普通。因为刘老师是农村人，虽然到城里上了学，但还是保留着农村人的方言。爸就说过："看刘老师多好，多本色。"刘老师会吹口琴，嘴里横了口琴，这么来来回回"吸溜吸溜"吹，音乐就出来了。有一次布置作文《长大了做什么》，自己写了这样的句子：“我希望自己长大了，能拥有一间不大的小屋，小屋里堆满了我自己喜欢的书籍，推开窗户能看到远山，能看到白云飘飘，小鸟儿啁啾，蝴蝶儿翩翩，我就住在这样的小屋里当我的作家……”刘老师在课堂上读完这一段的时候，一个人站到了窗前，眼睛里注满了深情，把目光放到很远很远的地方，回头时对着全班的同学说：“遥远这一段文章真好！特别是小鸟儿啁啾，蝴蝶儿翩翩，多么人性的自由啊。”

牟遥远就是那时候喜欢上刘老师的。想到刘老师讲的这一段话，牟遥远的心就有了一种很不得劲的感觉，是对于“蝴蝶儿翩翩”这一句话。刚才那个胡工宣说这句话时，脸上挂了一些很是意味的东西，牟遥远觉得不舒服。这时候刘老师走进了课堂，真是想曹操曹操就到了。

刘老师站在讲台上，身上的灰的确凉半袖口袋里还能看出装了金钟烟。牟遥远想，刘老师也抽不上牡丹。刘老师说：“同学们，安静！关于今天的事情，我来给大家宣布一下放学后的纪律。放学后，同学们对于今天发生的事情要保密，必须做到：一、不到处传播小道消息，不回家和自己的家人说起此事，谁说出此事，后果自负；二、同学们私下里不可相互私语窃窃；三、该按时完成作业的不要因为出了这么个事情，明天来了完不成作业找借口；四、从现在开始不允许到教室山墙上的黑板报下玩，尤其不能在下面聚众拍香烟盒。值日的同学走时把教室门关好。牟遥远同学留下，跟我到宿舍一趟，其余的放学。”

同学们都涌出了教室，牟遥远收拾妥当书包，斜挂到了腰间等同学走光了想和刘老师一起走。他琢磨着刘老师叫他肯定和胡工宣问他的话有关。王红文还在学校门口等着，自己口袋里牡丹烟盒，还没有来得及和笑话他的人亮亮，但愿刘老师三言两语结束问话。

牟遥远跟了刘老师走，穿过操场时碰到好几个刚从会议室出来的学生，脸上的神情有些紧张，牟遥远发现刘老师脸上的神情也有些紧张。那种紧张劲对牟遥远来说早过了，没有给毛主席画叉叉，怕他谁个啥！走进宿舍，刘老师不说话，先是点了一根烟，抽了几口坐下来，看着牟遥远说："往里站站。"牟遥远从门口边上往里挪了挪身子。

刘老师掐灭烟头说："下午工宣队的人找你谈话都说了什么？"

牟遥远想：刘老师果然问的是这个问题，看来当老师的也有胆虚的时候。说："报告老师，不是说你画毛主席八叉的事。"

刘老师说："你这孩子说的叫什么话？你要对自己说的话负责任！我是问你，我下午进校长办，发现里屋有人，但没有想到会是你。工宣队的人问的话和反标事件没有多大关系，你中午是不是看到了什么？你要如实给我说，因为、因为我心头系着个疙瘩。"

牟遥远觉得刘老师说话和平常不一样，心事太重，平常可没有这么样重。想到下午的事情，就想到了刘老师抱着杜老师的脑袋，头那么仰起来，抒情出的那一句像诗一样的话：

“哦，你怎么会是军人的未婚妻呢？”觉得刘老师讨了杜老师的便宜。讨了便宜还卖乖！牟遥远心里不舒服，杜老师永远是自己心中的杜老师，怎么可以成为刘老师心中的杜老师呢！牟遥远就想：作为老师，你不好好教书，做流氓事，别人不知道，我可是清楚啦。眨巴了两下眼睛说：“报告老师，我在杜老师的窗户上看到你了。”

刘老师一下站了起来，走过来弯腰拉住了牟遥远的胳臂，“你看见我做什么了？你到杜老师的窗前看什么了？我怎么没有发现你？”

牟遥远想：当然你不会看见我，我在后窗户上，怎么能看得见，你们俩的眼睛同时瞅着窗外，是正门的那个窗户，我哪里会那么傻要你看见。“报告老师，我看见……我看见……刘老师我不敢说。你做的事情我都看见了。”

刘老师松了牟遥远的胳臂，退了两步跌坐在了床上。马上又站起来拉了牟遥远的手急切地问：“你和工宣队的人说了？”

牟遥远想：你都做了，我还不敢说。男子汉大丈夫，看看，关键时候刘老师就大豆腐了不是？我就敢承认事实。“报告老师，我就喜欢看杜老师。”

这句莫名其妙的话让刘向东迟疑了一下，好像有那么一丝儿希望寄托着，“我是问你，把看到的都和工宣队的人说了？你不要说些莫名其妙的话，说了就说：说了。没说呢？就说：没说。”

牟遥远很干脆地甩了一下头发说：“报告老师，说了。”

刘老师很泄气地又一次跌坐在了床上，怔怔地看着牟遥远，不知道该说啥，要说啥，眼睛里蒙着一层惶惶惑惑的光，摸索着掏出一根烟来，几次用火柴点也没有点上，一把抓了那根烟揉了个烂碎。看着牟遥远说："遥远，我还是你的刘老师吗？"

牟遥远一本正经地说："是啊，报告老师，谁敢说你不是我的刘老师！"

刘老师看着一个地方："哦——"

牟遥远说："报告老师，我不敢不说。"

刘老师站起来走了几步看着窗外，正午的窗外，阳光的颗粒浓稠浓稠，有蝴蝶翩翩飞舞在绿地红花上，飞过的影子留下了干净的光线。凝神望着望着，刘老师紫红的脸膛上就挂出了一层青，突然地扭回头说："你走吧，回去晚了，你父母要担心的。"

牟遥远看着刘老师，觉得高大的刘老师突然因为什么事情缩了水。牟遥远可怜地看着刘老师放轻了语气说："报告老师，那我走了啊。"

刘老师毫无表情地看着一个地方，搓着两只大手点了点头。

牟遥远走出刘向东的宿舍还想着要回头再看刘老师，结果是一下想到了王红文，刚才的事情就丢到爪洼国去了。

四

刘向东把自己的目光投向跑远的牟遥远，心里就有了一种难以言说的情感涌来。他的命运发生了变异，他把自己的灵魂依附到了一个人身上。他每晚都会潜到这个人的窗下与她幽会，沉睡和梦醒都会有她的影子在思想里不停地跳跃。对于一个年轻人来说，因为爱情的到来心有所系是一件幸福的事情，有了她，所有的思念和希望才有了依托；有了她，每一个未知的明天才不至于显得灰暗和冷酷。但是，对于他来说，爱情已经悠远了，已经发出了叶芽，长成藤萝，青青叶掌上已经有了他根系的显影。刘向东是保送的工农兵大学生，毕业后分配到了本市这所中学。他和妻子不能说有爱情，爱情在七十年代还是一个枯萎的词。他妻子是公社革委会主任的女儿、公社广播站的广播员。如果说刘向东不上大学，他就是高攀人家了，刘向东一上大学出现了逆转。因为，他家三代贫农。能够被保送也是以婚姻做交易的。爱与不爱，都必须对保送他上大学的这个人感恩。他要感恩的就是娶了他的女儿。大学一毕业就结了婚，婚后一年有了女儿。一切都是按正常顺序在发展。

杜老师呢，原名杜玫，首都师范大学分配来的大学生。甘愿把青春和理想的种子播种在这个小城。地理意义上的扎根可能千差万别，而精神意义上的扎根却都是一样的。一下分配来了首都的大学生，给小城人心中肯定是注入了细雨和风。动心思的莫过于小城教革委的闫主任了。闫主任决定让杜老师来做自己的儿媳妇。这个决定，一但下了决定也就成了既定的事实。闫主任的儿子在外服役，是现役军人，当兵的人远离故土，扛枪保国不便回家，闫主任就委托学校的吴校长来做这件事情。

吴校长取了必要的五件东西，走进了杜老师的宿舍。吴校长把其中的四件东西放到了杜老师的眼皮下，目的就是让她看清楚了。吴校长又掏出第五件东西：一张照片，递给杜老师。杜老师看着照片上青春年少的军人，没说好，也没说不好。照片是布纹纸，带彩儿的。照片上的人，半身侧影，戴军帽，瘦条儿脸。杜老师说："照片上看不出他到底长了个啥样。"吴校长取过来看了看说："你见过教革委的闫主任吧？就长了个那样儿，儿子比他老子小，老子比他儿子老。部队上准备提干呢。"杜老师笑了。杜老师一笑，吴校长看着杜老师半天没出声，试探地说："准备做军人的未婚妻吧。"

杜老师心里有些乱，看着别处说："吴校长，这事情不能这么草率，等等再说吧。"

吴校长说："还等什么？天要下雨娘要嫁，女人的青春总归要献身一个什么男人！你是有理想，有抱负的有志青年，而且也有实现理想的韧性。这里没有别的人，我给你说吧，所谓理想，实质上就是爱情和事业的奋斗目标。理想是带有阶级性的，对吧？每个人的理想都不排除从'我'字出发，是实现在美满幸福的，社会主义和共产主义理想上的理想。爱情呢？爱情更是私有的，更得从'我'字做起。眼下，你和一个军人谈朋友是最完美不过的了，没有比献身军人更骄傲的了。千里之行始于足下，万丈江河集于细流，找到这样的对象就等于是找到了幸福的土壤。"

杜老师看着吴校长，不知道该说啥？要说啥？

吴校长把桌子上的四样东西往里推了推，四样东西是：一枚毛主席像章、一个笔记本、一杆水笔、一套《毛泽东选集》。

吴校长试探地站起来说：“有些事情还是要多听领导的话，领导从不会害群众，群众的利益就是领导的利益。”杜老师没有站起来，吴校长说：“那我就不多说了，他会给你来信的，就当一个朋友来交交吧。”吴校长往出走了，杜老师还是没有站起来，吴校长觉得，这件事基本办成了。

吴校长一走，刘老师来了。看着桌子上的照片、笔记本和像章，知道这是杜老师的定亲信物。刘老师说：“恭喜你！”杜老师莫名其妙地看着说：“恭喜什么？”刘老师说：“恭喜你订婚了。”杜老师一下子笑了：“和一张照片订婚吗？爱情就这么简单吗？”杜老师还不知道事情的严重性。

刘老师和杜老师探讨文学也探讨理想和未来。谈到激动处两个人的心突然有了一种紧紧相贴的感觉，彼此的心有了颤栗，几乎同时，好像在内心深处找到了久远的骚动。他们俩明白了，在同一瞬间，不由自主与过去的爱情告别了。然而，两个人之间可能得到最大程度的结合，已经不可能了。杜老师觉得刘向东就像一棵树站立在自己面前，转弯绕道抑或此路不通，都写得清清楚楚。

刘老师说：“杜，和你在一起，每一件事情都是那么愉悦，看到你就看到了欢乐，也就明白了什么叫秀色可餐。”

杜老师觉得和刘向东在一起，有一种比同志情谊更深厚绵韧的关系。有很长时间她几乎看不到刘向东的身影，整颗儿心堵得出不上气来，才知道刘向东回家种地了。看到刘向东就看到了春暖花开。杜老师说：“我好想到农村去，好想去看看麦子和韭菜要怎么来区分，好想看到农民在大场上扬谷子。农村这个广阔的田地太充满诱惑了。”杜老师双手握着举在自己的胸前，像诗人幻想到了激动处，浪漫得脑袋还那么微微摇动着。爱情的嫩芽儿没有季节的分明感，只是生长。

教革委的闫主任已然把杜老师当成了自己的儿媳妇，丝丝入扣地进入了关心和爱护的程序。比如，准备要杜老师入党啦，要杜老师当班主任兼教导处主任啦……

部队上有信来，信上说：

同志：你好。夏天到了，光明灿烂的祖国大地，到处开满了红花。我在开满红花的夜晚看了革命现代剧《平原作战》，看到了在毛主席的无产阶级军事路线指引下的八路军排长赵勇刚，他和抗日群众一起英勇机智地开展游击战。真是太好了，同志。

信中没有谈到爱情的事情，杜老师也犯不着和一个没有见过面的人谈恋爱。杜老师一直把闫主任的好，当作是领导大无畏的关爱。

那是一个冬日午后，窗台上两盆冬青水翠油汪，杜老师在教刘向东普通话的吐字和发音。卷舌音和舔舌音是需要用嘴巴和舌头来示范的，那一种示范让发出的音标，在空气中留下了两排深深的齿痕。

刘老师望着窗外，窗外有麻雀在飞翔。刘老师说：“看那麻雀，纯粹是为了飞翔而飞翔，人不能像麻雀一样，应该有远大的理想，我的理想就是：桃李满天下。”杜老师一听“桃李满天下”，激动得一下拉住了刘老师的手。说到深刻处，四只手扭转着慢慢十指交叉，紧紧地握在了一起，握着新奇耀眼和爱情的神秘。

刘老师说："我知道，我这样做，老吴这个红媒会对我有意见的。"谁也没有注意吴校长站在了宿舍的门口。午前的阳光照着人的影子是往人的脸前拉，午后的阳光照着人的影子是往人的脑后拉，吴校长站在杜老师的门口时，影子挂在了那扇木门上，前后都看不见。两个年轻人正在爱情的海洋里泛着微波细浪，吴校长捏着嗓子说话了："老吴对你没意见！"

为此事刘向东和吴校长解释过好几次，吴校长严肃地给过他一个警告："杜老师是军人的未婚妻！"这一句话是有分量的，是告诉他：杜老师宿舍，不是你这个普通人，随便释放情感寻求启迪的好去处！

杜老师从来不承认自己是军人的妻子，一个从来没有见过面的未婚夫，仅凭一张照片来下这个定义，对爱情来说是极大的羞辱。正因为有了杜老师的话，刘老师才大胆地积极地往杜老师的心灵深处走。刘老师不知道，接受了笔记本和毛主席像章等五件礼物，就等于接受了"军人未婚妻"这顶小帽。

牟遥远跑到校门口不见王红文，大街上找了两圈还是不见王红文。牟遥远背了书包唱了歌往家走。"在工人农民中间选拔学生，在大学学几年以后，再回到生产实践中去，实践中去——"

牟遥远歌声嘹亮。马路口上碰上了等他的妈妈。他妈在街口上站了好长时间了，打从学校派人叫了她去回来，心里就一直惦记着学校发生的事情。心里琢磨着：反标事件不一定是牟遥远干的，牟遥远心里想念着毛主席，敬爱着毛主席，怎么敢在毛主席的名字上动手动脚？问题是一个十三岁的孩子，心智尚未成熟，目睹了成年人的生活作风不正之事，很容易让一个健康的心灵扭曲。看到牟遥远比正常放学晚了将近一个钟头，他妈就明白了，事情肯定不是一个简单的事情，远远超出了简单的理解。拉了牟遥远的手往家走，和过往认识的熟人也不打招呼，过往的行人想着：牟遥远这孩子肯定又惹事了。

进了家门，看到弟弟和邻居家的一个孩子在地上拍香烟盒，他妈要他们出外面去拍。关死了门，从牟遥远的肩上摘下书包来扔到了床上，要牟遥远说下午发生的事情。牟遥远说：“下午的事你都知道，还问我做什么？”他妈说：“我问你我走了以后，工宣队的人都问了你什么？”牟遥远看着他妈两耳朵背后卡着的头卡说：“妈，你把那头卡去掉一个，这边的往上卡一卡，和杜老师一样了，才好看。”他妈抬起手一巴掌打到了牟遥远脸上：“住嘴！让你好好学习，天天向上，你把正心操哪里了？小小的，眼睛里不长知识，长了乱七八糟的东西，哪个正经女人讲究好看！天生就是个涂脂抹粉的流氓，自己都没有育好，还教学育人呢！你给妈说，都看到什么了？”

牟遥远傻傻地望着他妈说：“看到杜老师的好看了，浑身上下像花骨朵似的好看。”

他妈气得用劲推了牟遥远一下，牟遥远被推得跌坐在了地上。这时候弟弟在门外拍打着门喊：“哥哥，你出来，出来替我报仇，你出来替我赢他的牡丹！出来！”

牟遥远从口袋里掏出来自己的牡丹，准备开门递给弟弟，他妈一下子从他手里抢过来，三下两下撕成了碎片，扔在了牟遥远脸上。牟遥远呼地一下站了起来，开了门指着妈和弟弟说：“她不是我们的妈！”

牟遥远甩了门出去，没入了暗夜中。

五

胡工宣脸上沁出了一层坏坏的笑，但神经依旧警醒，似乎要捕捉空气中的每一缕气息，是他渴望嗅到的那种紧张的气息。胡工宣脸上暗含的深意，有一种不同寻常的况味，停下来拧开水壶猛灌了一口，心底突然就升起了一股获得了丰收的感怀。走进会议室俯在吴校长的耳朵上说了几句话，吴校长站起来和教革委闫主任打了个招呼，跟了胡工宣走了出去。两人相跟着回到了校长办，坐下了，吴校长送过去一颗烟说：“不可能吧，怎么能听一个孩子的话？”

胡工宣拧开水壶往嘴里又灌了一口水说：“往往孩子的话才是真话。”

吴校长停顿了一下。他心里是知道这件事情的，就是不想把这个事情往出拖。一来觉得，人家杜老师是首都下来的人，相对来说应该给人家一些自由；二来，爱情这个东西不好说，和一个没有见过面的人订婚，一句话就说了算，有点对不起人家姑娘；三来么，刘老师和杜老师都是学校的骨干，从培养学生的角度说，这么个事情弄大了会影响他们两人的前途，同时也给学校造成了不好的影响。抬头很是怀疑地说：“我在学校里怎么没有发现他们有什么迹象？”

胡工宣咳嗽了一声展了展眉头说：“哪个阶级敌人不是隐藏得很深很深。要我说，这个事情就是个事情。伟大领袖毛主席曾教导说，干部应该‘不务空名，会干实事’。我们来到你们学校，不仅要抓教育和革命相结合，还要学会找事，查事，干事！你说，我们工人阶级领导一切，就领导不了你们学校了？”

吴校长赶紧又掏出一根烟来递上去，说：“不是这么个意思，一件事未了，接着又出这么一件事情，我有点摸不着头脑。你说咱查的是反标事件，还是查的是这么一个事件？查反标就查反标，这个事情与咱们没有多大关系，我看咱就不要提了吧？”

胡工宣马上表态说：“提，肯定要提！我把要提它的理由说给你听：一、这个事情发生在你们学校，已经给学生的思想造成了影响，而且是极坏的影响！二、黄色事件，是腐蚀青少年思想的最大毒瘤，在抓纲治国的大好年代里，我们要拿出战斗的姿态，和一切腐朽的东西做斗争！三、最关键的就是这一条了。先说你，你是校长，对吧？事情就发生在你所管辖的学校，你说，出了这么大的流氓事情，你没有责任？找不出问题来，不处分你，处分谁？现在找出问题来了，你反倒藏着掩着不报，想继续腐化学生纯洁的思想？抓不住问题要找问题，找出问题了就要加大力度查清楚这个事件，我往上报告也有东西。你呢？也等于是表态配合工宣队，在毛主席教育路线的指引下抓教育出成绩的积极性。我和你说的都是交心话，你不要认识不清楚问题，把我当二两粮票五分钱一个烧饼卖了。”

胡工宣提了提军帽探出脑袋看了看院子，天色将晚。西天的寥寥空宇中有几朵火烧云稀落落地游荡着，金色的阳光透过云缝挤出来。四面有风，风吹得胡工宣的军帽掀了一下，胡工宣赶紧缩回了脑袋。摘下军帽来，用手“噌噌噌”捏了一圈帽顶子上的檐子，两只手举了军帽戴在了头上，怕不正和吴校长要镜子看，吴校长说：“哪里有那东西，女人都不要胸脯了，男人家还有镜子？”（七十年代的女人都不戴胸罩，用一块白布把胸脯裹得平展儿。）

胡工宣指着自己头上的军帽问正不正？吴校长说：“再没有比你戴的军帽正了。”

吴校长开始考虑胡工宣的话，他的话不是没有道理，是有一定的道理。反标事件，怎么说也是一个政治事件，一旦掺和了政治，事情就弄大了。咱也是一个领导，借了这个事件揪住小尾巴，一辈子翻不了身。有结果没有结果分管领导都要受到处分，现在会议室留住的，那几个成分不好的和有海外关系的，我看到最后也弄不出个结果来。没有结果找结果，我这个领导首当其冲。找这么个事件出来暂时顶替一下，对于自己来说，也许能顶暂时一杠子，能往后拉长就拉长。吴校长有些心动，试探地问胡工宣：“这事情，你说缺德不缺德？”

胡工宣说：“人家一个大姑娘，他都敢搂人家腰，你说他，缺德不缺德？”

吴校长说：“充其量也就是个形式问题，实质上事实还是有距离的。”

胡工宣拧开水壶往嘴里灌了一口水说：“你不要说那文绉

绉的话，事情搁你头上了，我是替你出主意，你吃不了兜着走，我怕啥？根红苗正的工宣队，走哪，都是替你们处理问题，整顿你们思想的，查清楚问题，替你们寻找解决问题的缺口的！”

吴校长站起来握了一下胡工宣的手，肯定地说：“胡工宣，你说的是个事情，我这就去向教革委闫主任汇报。”

吴校长走进会议室，发现问话的人都走光了，就剩下了几位陪同闫主任来的人和学校的中层领导。闫主任看到吴校长进来了，招了招手说：“就等你了，离事情的结果还有一段距离，明天学生该上课的上课，该问话的问话，密切注意那几个有历史尾巴的人。我准备回去了，明天继续配合公安追查。”

吴校长因为有事情要说，一下着急了脱口说道：“闫主任，我还想和你说说杜玫的事情。”

一听说是说自己未来儿媳妇的事情，闫主任要所有的人都出去到外面等。闫主任说：“杜玫的事情，我看我儿红兵秋天就要回家来探亲了，到时候如果合适，就给他们办了，算了。”

吴校长张着口准备说另一件关于杜玫的事，听这么一说反倒不知道该说啥了。还是要说，怎么说？可以把这个事情推到工宣队的人身上。

闫主任穿了灰的确良衬衫，黄的卡军裤，瘦小的腰上系了一条军裤带，脚上穿了松紧口布鞋，很干练的样子，就是脸瘦小了一些。闫主任大拇指和二拇指圈起来，弹了弹裤腰上粘着的烟灰，抬了头问：“还有什么要说？”

吴校长紧张得说了一句：“杜老师的事情大了！”

闫主任说："什么大了？有什么事情？什么事情不能大事化小，小事化了。能大到什么程度？什么事情说吧。"

吴校长说："是胡工宣要我向你反映的。他刚才叫我出去就是说这件事情的，我不能不和你说。是关于杜老师的。"

闫主任拉了吴校长的手坐回到了板凳上，小声地问："反标事？胡工宣说是她做的？不会吧？你说的这大事是不是就说的是这个？"

吴校长说："不是。我敢向你保证，杜玫同志是热爱毛主席的。我说的是杜玫同志的个人问题。"

闫主任松了口气说："一个远离父母远离祖国心脏的姑娘家，有什么个人问题？如果是解决组织问题，那再好不过了，除此之外能有什么个人问题需要解决？"

吴校长下定了决心说："是生活作风问题！"

闫主任瞪大了眼睛急切地问："说，快说，什么生活作风问题？她不是还没有谈朋友吗？"

吴校长很委屈地说："是啊，问题就出在她和学校里的一个已婚老师有了关系。"

闫主任着急地摆动着手说："实际点，实际点，不要卖关子，详细说，仔细说！"

吴校长就把胡工宣听牟遥远说的事情，来了个添加调料重复了一遍。

闫主任听了之后，头一下就大了，觉得心里有一丝儿失落，这么好的女人白白让别人讨了便宜。后悔自己光知道事情的往前发展，就没有考虑到事情的向后倒退！有一丝儿遗憾，好女人总归没有好命。放着好好的阳关大道她不走，偏偏儿要走这独木桥。不舍得丢弃，小城想找这么样的女人还真是不好找。要不是工宣队的人参与了此事，闫主任还真想把此事灭了。她天生和小城市的人不一样，骨子里透着一股感染人的东西。闫主任当时还不会用气质这个词汇。闫主任就想和她谈谈，毕竟还没有相互说过话，他想了解一下这个女人到底是因为什么要红杏出墙。走出去和门口的人说："你们回去吧，事情急转而下，我还需要留下来做些必要的安排。"

等外面的人走了，闫主任要吴校长去把杜玫叫来。

天已经完全暗下来了，但是，还不太黑。城市里停电，初二初三的学生上晚自习因为停电要挂气灯，有人在操场上打气。天边有半个月亮，半下午好像就显影在了天边，像一弯儿云彩，现在才借了光，像萤火虫似的弄出了一点光明的意思来。吴校长路过操场，谁也没有看见是吴校长，各行其事。吴校长说："往会议室先挂个气灯。"操场上打气的人一看是校长马上站了起来说："马上挂。"

杜老师因为停电，宿舍里蜡烛也不点，趴在桌子前望着窗外的天空出神。窗户上爬满了蚊子，有纱窗挡着，蚊子互相拍打着翅膀咏唱着等待最后的晚餐。吴校长走到了杜的门口，不见亮灯慢下了脚步，想往回返的意思，杜老师冲着窗外喊了一声："那是谁呀？"

吴校长听得有人，马上应了一句："怎么不点蜡烛？黑灯瞎火，我还以为没有人呢。"

杜老师听出来是吴校长，赶紧站起来要点蜡烛。吴校长说：“不用点了，跟我到学校的会议室一趟，教革委的闫主任叫你说个事情。”

杜老师说：“那事还没有查清楚？有点小题大做了。门房的锅子大爷也是的，见风就是雨。”

看着走出来的杜老师，吴校长心慌乱地说了一句：“走吧。就是，见风就是雨。”

吴校长走得很慢，走走停停。这个白脸长身，模样俊美的女人，穿着灰蓝莫辨的暗色衣服，马上就要出问题了，她还不知道。头上月光投下来，她的身影儿一半儿变黑一半儿变白，白的地方白润的脖子裸露出来，黑的地方像是要躲避严肃的眼睛和严肃的人生质问。吴校长觉得，别看她长了好模样，思想上一点也不成熟，愚蠢到和一个有妇之夫在一起爱情，她将要在这漫长的时光承受中变老，变得把整个一生消耗掉。吴校长的心开始怜惜和心怀痛处起来，又觉得整个事情并不是一件坏事，其实是在救她，她是一个不具自我保护能力的人，真要这样发展下去是真要毁了她的。那能说是爱情吗？比一张纸还要薄滑的东西，只能说是一种梦想。不知道深浅往过趟，天下琐事怨不得谁，要怨也只能怨自己了。

吴校长领着杜老师走进会议室的时候，会议室已经挂起了气灯，气灯下烟雾缭绕，有猛蝇子飞转，也有几只飞蛾扑扑闪闪的往气灯罩上撞。闫主任坐在板凳上，看上去像一个等待上自习的中学生。

闫主任一看杜老师进来了，马上把烟灭了，要吴校长和杜老师坐下来。闫主任看着杜老师本来想着有好多话要说，看见了反倒没有了话。闫主任说："杜老师，从首都来到了地方上，有什么不习惯的地方提出来，咱共同来解决。"

杜老师说："挺好的，每个城市有每个城市的文化，每个城市有每个城市不同寻常的人物，我来地方上就是来改造世界观的，这里就是我扎根的土壤。"

闫主任的心被什么生生扎了一下：这么好的女人。闫主任说："有些事情，人年轻容易走极端，发生了，就不是简单的发生了，会影响到一个人的前途，可惜了你这个首都来的大学生了。"

杜老师被说得莫名其妙，一头雾水，扭头看吴校长，吴校长清了清嗓子说："是关于你和刘老师的事情，工宣队的同志反映了上来，闫主任想了解一下。"

杜老师惆怅了一下，感觉空气中马上有一种无所不在的忧虑向她袭来。"吴校长，这好像是我个人的事情吧，不应该由组织来管。"

闫主任示意张嘴的吴校长停下，说："你难道不知道你是有朋友的吗？我来问你，你和刘向东是什么关系？"

杜老师说："朋友。"

闫主任说："你和闫红兵是什么关系？"

杜老师说："未见过面的朋友。"

闫主任有些激动地站了起来说："你既然和闫红兵是朋友，怎么还可以和刘向东做朋友？你严重伤害了闫红兵的自尊，一个革命军人的自尊！"

杜老师不甘示弱地说："闫红兵与我没有任何关系，更谈不上伤害他的自尊，我们仅仅是朋友！”

闫主任说：“你收下了他的照片、《毛泽东选集》、笔记本、毛主席像章，你就和他有了密不可分的关系，你的恋爱观就确立了。你既然做了军人的未婚妻，你不懂洁身自重。乱爱一气，你、你、你要我怎么来保护你！”

杜老师似乎明白了什么，想要辩解，被吴校长的话打断了。“你和刘向东中午在你的宿舍里搂搂抱抱，被学生牟遥远看见了，反映给了工宣队，你不要再多说了。事情已经很明朗化了。他明知自己是一个有妇之夫，还要做出这种下作和流氓的事情来，说明，你是无罪的，也是被伤害者，你要勇敢地揭发他，只有这样才能证明你的无辜！”

杜老师有些摸不着头脑，不知道牟遥远是怎么和他们说的，私密的事情被人一下毫不婉转地说了出来，就好似在陌生人面前扒光了衣服，脸色煞白煞白地看着两个男人，不知道该说啥，要说啥？发现他们二位看自己的眼神由刚进来的那种怜悯转换成了质疑，审视的目光慢慢变成肯定，心情沉重到每个毛孔都塞满了铅块。杜老师说：“你们不可以这样！不可以什么事情都上纲上线，我和刘老师的感情是个人感情，与你们任何人都没有关系。”

闫主任跨了两步走到杜玫面前说：“你从思想上不能够认识到自己的错误，你不配做一个人民教师。从明天开始，停课到五七工厂去反省。我抬举你是首都来的大学生你才是，我不抬举你是首都来的大学生，你，才高八斗也扯淡！”

杜老师推开了会议室的门，扑入了夜色中。

牟遥远在街上溜达了好长时间，没有找见一个同学。好不容易打听清楚了，是因为停电，都到电影院门口拍香烟盒了，电影院门口有路灯，路灯没停电。路灯下一摊子一摊子的人围着，有大人聚在一起聊天，孩子们玩香烟盒。牟遥远找到了王红文，王红文趴在地上拍得正起劲，地上有一摞金钟，金钟下有一张牡丹。王红文看见牟遥远来了，灰头土脸地站起来说："老牟，过来干，干了他们那张牡丹！"王红文喜欢模仿大人的称呼叫牟遥远老牟，牟遥远也乐得答应。牟遥远挽了袖口趴下了，对方说："拿出牡丹来，审查一下，看你有资格没有？"王红文不高兴地说："有，拍鸡巴吧，我下午见了。"对方说："不行不行，哄死人不偿命，拿出来！"牟遥远歪着脑袋趴着说："有就是有，拍了这一把给你拿。"对方一脚踩住了地上的香烟盒，总不能空拍吧。牟遥远站了起来，从口袋里往出掏，突然不掏了，说："小瞧鸡巴人不是，不干了！王红文，走，重去找一摊儿。"对方说："小瞧你吧！有种的往出掏啊？"牟遥远拉了王红文走出人群。王红文说："老牟，你怎么啦，丢什么人，把你那牡丹拿出来，和他们干。"牟遥远说："才想起来被我妈撕了。"王红文说："为什么？"牟遥远就把下午的事情和王红文说了。

牟遥远和王红文走到另一根电线杆下，发现有人在议论他们学校的事情，说是第五中学出了桃色事件了，还是个破坏军婚案件，一半天可能就要抓人了。他们俩也不知道是议论谁，不待管他，拍了一会儿香烟盒各自回了家。牟遥远走到大院的大门口，看到一排儿矮矮的，有四五个纸糊的小灯笼站在大门上。走近了看到是自己的两个妹妹和弟弟还有院里的一个小孩子。牟遥远说：“这么晚了不睡，站在这里做什么？”

弟弟说：“哥哥，我们在等你！黄黑柱赢完了我们的香烟盒，你要替我们报仇！”

牟遥远说：“妈呢？”

弟弟说：“生气了，一个人哭。”

牟遥远说：“爸呢？”

弟弟说：“回来了，喝酒。”

牟遥远一听说爸喝酒，知道坏事了，这一顿打是少不了，家还是得回。从口袋里掏出几张勤俭烟盒给了弟弟，妹妹问他要糖纸，他说：“明天给。”

一进家门，床上的扫床笤帚一下就扔了过来，爸瞪着血红的眼睛说：“让你不操心念书，屁大个人知道看女人的奶骨朵了！”不等爸站起来，弟弟和两个妹妹在身后已经“哇”地一声嚎了起来。妈赶快站起来关上了开着的门窗，夜静时，他们的哭声听起来很响亮！

六

照常开始上课。一连几天，上语文课的刘老师没有来，学习委员要大家翻开古文《曹刿论战》，说是要大家温习温习，说刘老师一会要来抽查。已经温习好几遍了也不见刘老师来抽查。教室里的学生开始合了课本，放开了喉咙朗读：十年春，齐师伐我。公将战。曹刿请见。其乡人曰："肉食者谋之，又何间焉？"刿曰："肉食者鄙，未能远谋。"乃入见。朗读者参差不齐。"十年春"开始还比较齐，后来就有人跟不上了，跟不上的胡乱往上接，本来背下来的也乱了阵脚，大声的朗读就低了下来，变成了嘈嘈窃窃，有的人就不背书了，开始说话做小动作，课堂上乱得像一锅开水。

学校的教导处李副主任进来教室要大家安静，说，由于学校出现一些问题，各班老师要进行调整，让大家上语文课时自由朗读，上历史课时也是自由复习。牟遥远觉得有点邪门，怎么偏偏是这两门课呢？这么偏偏是刘老师和杜老师呢？好不容易等到放学，借上茅厕的机会拉了王红文问，"杜老师给你们上语文课了没有？"王红文说："没有。出事了。"牟遥远说："出什么事情了？"王红文说："杜老师和刘老师耍流氓了，被人逮住了。"牟遥远说："是不是我说的那事？"王红文说："你那算啥事，比你那动作复杂多了，还有亲嘴光屁股，你看见了？"牟遥远说："没有。"王红文说："等我和班里的韩鹏打听清楚了，再告诉你。韩鹏他爸是教初三数学的，他爸和他妈说了，他听了告诉了我。"

牟遥远心里挺不舒服的，离开王红文，一个人走到学校的一棵柳树下看对面操场旁的一个小花圃。花圃里种了蝴蝶花还有几丛大丽花，红色的花开得妖娆和风致，还有一棵石榴树，崎岖着树干长在花圃外的请示台下。六月榴花吹开了小喇叭，密密麻麻的叶子油油地簇拥着一伞伞花蕊，有好几只蝴蝶在上边飞。牟遥远看着那蝴蝶不由得走了过去，蹲下来看了半天，上课的钟声响了也没有听见。看着看着他就有点儿迷糊了，歪在请示台前睡了一小会儿。醒了想胡工宣说那梁山伯与祝英台的故事，他想起来乡下的爷爷好像也讲过这个故事，不过，不叫梁山伯与祝英台，好像是叫《红罗山》。这么想着，就听到请示台后的校长室有说话声音穿出来。小心地踮了脚尖走过去，听见吴校长和一个叫闫主任的在一起说话。

吴校长说："派出所天天住在这里不是回事情，给了它这个案件，他们也就撤出去了，接下来的反标事件，咱们自己查，最后上报个结论就是了。问题是，这个事情是一起把他们俩交给派出所呢，还是光交出刘？"

闫主任说："当然是光交出刘了，杜怎么说也是我看中的人选，传出去，是要被人笑话的，会笑话我这个教革委主任，有眼无珠找了这么一个水性杨花的东西。往出传，也不能按他们俩的口供说，比如，杜说，是她勾引了刘，与刘没有关系，要说有责任也应该是她承担。怎么能让一个女人来承担这个责任？妇女能挑半边天，也不需要这时候逞能，保护妇女是我们领导的责任，刘才是最大的罪犯！他本身已经是有过婚姻的人了，明知道杜的未婚夫是一个军人，他还是不到黄河心不死，要萌发占有人家，对这样的人要加大力度判他。"

吴校长说："派出所在学生没有上课前就已经来了，怕给学生造成影响，就等您的话，是拉一个走呢，还是拉两个走？既然现在定了，我好去通知他们。"

闫主任说："等学生下了课，让他从学生面前过，让学生知道他们的老师到底长了一副什么样的流氓嘴脸。"

牟遥远吓得打了一个激灵，有点害怕什么，往教室走。走进教室刚坐下，下课铃“当当，当当，当当！”响了。全校师生涌出了教室，这时候听得有派出所的偏斗摩托车发动的声音，看见摩托车开到了操场上，有两个公安押着戴着手铐的刘向东走过来，刘向东回头还寻找着什么，黑压压的老师和学生中间他什么也看不到，他在寻找杜玫。往偏斗车里坐的时候，他不舍得坐，还在寻找，押他的那两个公安提起了他一下子扔到了他该坐的位置上，偏斗儿摩托来回晃了两晃，两个公安骑上去发动了车，一溜烟蹿出了学校。

学生们的议论声钻进了牟遥远的耳朵：刘老师好厉害啊，面不改色，心不跳。

有人开始学刘老师说话：十年（娘）春（冲），齐师伐我。公将战（张）。

有学生突然指着牟遥远说：“是他发现他们的流氓事情的。”

所有的人扭回了头看牟遥远，牟遥远觉得自己像阳光下裸露的一块冰一样，马上就要化了。牟遥远往教室快步走，王红文上前几步拽了他袖口说：“站住！我听说是你告的状？韩鹏说了，他爸说，是一个学生叫牟遥远。”牟遥远低着头小声说：“你又不是不知道。”王红文一下子拽了牟遥远的耳朵拽过了他的脑袋，大声喊：“老牟，你怎么不把你爸看你妈光屁股的事告了公安局！你害得杜老师给我们当不成班主任！你这个傻鸟！！”

杜玫此时在学校的校办五七工厂糊纸盒。校办五七工厂在学校的隔壁，围墙上另开了月亮偏门。五七工厂里有很多树，给院子覆盖了绿阴。那绿厚积着，似乎可以拧出汁液来，那绿吐露出了叶子的香气，吐得满院子妖娆和风致。杜玫坐在院子里，脚下放着厚厚的一摞压出模型的硬纸褙，她看着对面的人怎么弄，也学着怎么弄。对面的女人看着杜玫，不时的相互咬咬耳朵眼，院子上空的绿阴笼着阳光，俗语说：好树招好鸟。就有不知名的鸟儿飞来飞去。地上的硬纸盒有大号的，有小号的。小号的装粉笔，大号的往工厂送。杜玫的手心里起了泡，她拿针挑破了，再取了纸盒子来来回回叠，手心里钻心疼。这种疼让她心里多少好受些。看着咬耳朵的女人，她的眼睛里蓄满了泪，低头的时候，泪掉在了地上，厚厚的一层浮土上卷起了几个泥点子。一刹那，杜玫很决绝地抬起头看着对面看她的女人笑了，她们都是学校老师的家属，杜玫的一举一动都会反馈回学校里，杜玫要自己坚强，要自己本就洁净的气韵灵气通透，她要自己在满院“飒飒”叶子的浮动中澄澈轻松。她知道自己是有罪的。她开始幻想自己的童年，自己的童年也是这样的大院子，她的祖母戴了老花镜在院子里的马扎上读一本叫《圣经》的书。

童年的院落里祖母读书的背影是院落里最重的风景。春天时，哥哥把院角上一块砖地撬起来，洒了水种了牵牛花。夏天时，她和哥哥拣了柳树的干枝架出一个棚，牵牛花攀附着干细的柳枝伸开了伞形的花蕊，深紫色的、淡黄色的、粉白色的，高高地蜿蜒着开了。牵牛花的情景在童年的天空悬挂着。一个冬天，院落里落雪了，哥哥和另一派同样捍卫真理的人发生冲突，死了。冬去春来，岁月在院落里往复穿插着，祖母常常要读的那本书不见了，它已经火化成飞扬的纸蝴蝶。院落里的日子是寡淡的，忧郁的，寂寞的，也是迷离的。祖母在一只破旧的箱子里取出同样一本叫《圣经》的书要她看。她在一页一页的文字中穿梭，心是空旷的。外面的事情和院落隔离开来，院落成了她精神场所。她要离开院落的时候，她的祖母已经死了，死去的祖母带走了她喜爱的书籍。父亲和母亲同是北京城一所中学的老师，她被分配到这个小城时，父亲说："作为老师的成就感，就是桃李满天下。"这一句飘洒在文字之外的理想将安放何处？

幻想的现实中有人在偏门口上叫糊纸盒的女人们，"抓人了，快过来看啊，刘向东戴着手铐出来了，快来啊！"

对面的女人互相招呼着拉了手站起来，在衣襟上抹了几下手上的糨糊，急忙往缺了一角的月亮门洞里挤。那个通往学校的偏门上站了很多人，那些人的眼睛是分开来看的，一只眼瞅着学校操场，一只眼看着校办五七工厂里的杜玫。杜玫的心此刻沉浸在一片混沌中，所有的声音在她眼前旋转着，叠加着；在她耳边环绕着，喧响着。杜玫的喉咙里轻轻地浮出来一句话："刘，谁扼杀了我的初恋？"她的喉骨合得紧紧地，那句话从喉骨间挤出来时，似乎成了一缕游丝，在耳边的阳光里缠绕着，她自己好像都没有听清楚。她望着四周围的树，仿佛自己也成了一棵树，只是扩张着生命的年轮，没有开花的日子，也没有结果的日子。

后来刘向东的妻子抱着一岁半的女儿来过学校，她一定要见见杜玫。她想不清楚杜玫是一个什么样的女人，这个女人，怎么会让自己的丈夫担了这么一个罪名。吴校长有义务好好接待，也是政治任务。妥善安排并做了适当的教育，然后，领着她走到月亮门口，指着遥远处坐在绿荫下，糊纸盒的一群女人中一个不同于其他的女人说："那个，和别的女人不一样的那个。"刘向东的妻子抱了女儿取了马扎走过去坐在那一群女人面前，不说话，就看她们的动作。有女人问她，"学校里谁的家属？"她说："谁的家属也不是。我就是想看看一个低级趣味的人。"所有的人不问话了，看着杜玫。杜玫很惶惑地抬头看了一眼对方低下了头。杜玫除了对那个女人的话有一种悚然之外，还有一种咀嚼不出话里的深意，她觉得自己是有罪的。杜玫想起母亲给她的来信，信中说："女儿：你是我和你父亲的骄傲。自从你哥哥去世后，你的人生选择给了我们最大的安慰。你哥哥的悲剧是广大的，我们已经不去想他了，我和你父亲只寄希望你，好好培养祖国的花朵。相信：微微烛火，也可以燎原。希望你用美好的品德去教书育人，希望你向你父亲一样：桃李满天下！"

刘向东的妻子抱着女儿坐到中午，一句话再没有说走了。那天中午杜玫坐在树阴下看着所有的人离开，她慢慢被无声的空旷和寂静包围了，寂寞开始瓦解她的意志，她慢慢对自己生出了失望，自己怎么不像一个革命教师呢？我在孩子们的心目中会是什么印象？

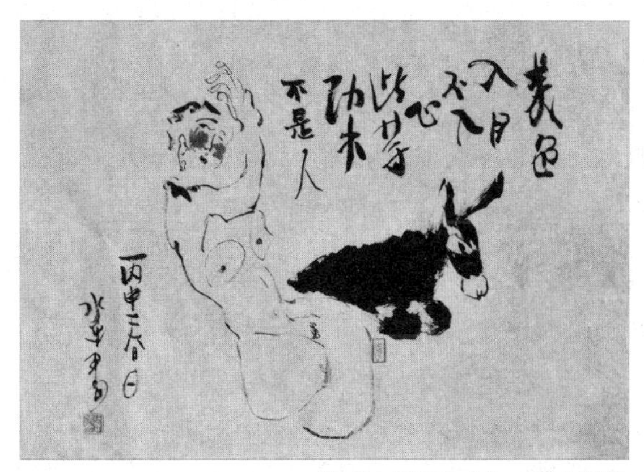

《美色入目不入心》 葛水平作

一种负重，是对未来的负重，她愿意接受时间和艰苦的磨打。

初一甲一班的语文课老师换了人，历史课老师也换了人。暑假过后牟遥远该升初二了，新来的老师基本不怎么上课，要大家复习。王红文不再和牟遥远一起拍香烟盒了，觉得牟遥远品德不好。这句话是韩鹏告诉他的，他想了想觉得很符合牟遥远。工宣队的人住到快要放暑假了才走，牟遥远想着这个学期不知道能不能弄个三好？对拍香烟盒的积极性不大了，是学生们都不想和牟遥远这种人拍了。牟遥远觉得自己的日子凌乱得难于连缀，有时候看着讲台上的老师，会想到杜老师和刘老师，老师讲了啥不知道！牟遥远的成绩急剧下滑，爸说：“不行就转学吧？”牟遥远想到转学就一天也不想再去学校了。爸狠狠地打了他一次，牟遥远说：“打死我，我也不去了。”

因为转学，牟遥远没有参加期末考试。妈说：“你总不能